GEISA MUELLER

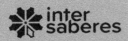

SÉRIE LITERATURA EM FOCO

José de Alencar em obra

recepção crítica e diálogos teóricos

Rua Clara Vendramin, 58 • Mossunguê • CEP 81200-170 • Curitiba • PR • Brasil
Fone: (41) 2106-4170 • www.intersaberes.com • editora@intersaberes.com

---

Dr. Alexandre Coutinho Pagliarini;
Dr.ª Elena Godoy; Dr. Neri dos Santos;
Dr. Ulf Gregor Baranow • conselho editorial

Lindsay Azambuja • editora-chefe

Ariadne Nunes Wenger • gerente editorial

Daniela Viroli Pereira Pinto • assistente editorial

Fabrícia E. de Souza • preparação de originais

Palavra do Editor; Camila Rosa • edição de texto

Luana Machado Amaro • design de capa

ArtKio/Shutterstock • imagem de capa

Raphael Bernadelli • projeto gráfico

Fabio Vinicius da Silva • diagramação

Luana Machado Amaro • designer responsável

Maria Elisa Sonda; Regina Claudia Cruz Prestes • iconografia

Dados Internacionais de Catalogação na Publicação (CIP)
(Câmara Brasileira do Livro, SP, Brasil)

Silva, Geisa Fabíola Müller e
　José de Alencar em obra: recepção crítica e diálogos teóricos/Geisa Fabíola Müller e Silva. Curitiba: InterSaberes, 2022. (Série Literatura em Foco)

　Bibliografia.
　ISBN 978-65-5517-154-9

　1. Alencar, José de, 1829-1877 – Crítica e interpretação I. Título. II. Série.

22-111078　　　　　　　　　　　　CDD-B869.09

Índices para catálogo sistemático:
1. Literatura brasileira: História e crítica　B869.09

Cibele Maria Dias – Bibliotecária – CRB-8/9427

1ª edição, 2022.

Foi feito o depósito legal.

Informamos que é de inteira responsabilidade da autora a emissão de conceitos.

Nenhuma parte desta publicação poderá ser reproduzida por qualquer meio ou forma sem a prévia autorização da Editora InterSaberes.

A violação dos direitos autorais é crime estabelecido na Lei n. 9.610/1998 e punido pelo art. 184 do Código Penal.

sumário

apresentação, xi

como aproveitar ao máximo este livro, xviii

um   O romantismo alencariano, 21

dois   José de Alencar e o romance histórico, 59

três   A década de 1870 e o regionalismo, 97

quatro   Romance regionalista de Alencar, 133

cinco   A crítica literária e o romance urbano alencariano, 169

seis   Leitura(s) em *Lucíola* e em *Senhora*, 199

considerações finais, 233

referências, 235

bibliografia comentada, 245

respostas, 247

sobre a autora, 253

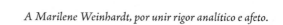

A Marilene Weinhardt, por unir rigor analítico e afeto.

Essa estratégia pedagógica se baseia no pressuposto de que todos nós levamos à sala de aula um conhecimento que vem da experiência e de que esse conhecimento pode, de fato, melhorar nossa experiência de aprendizado. Se a experiência for apresentada em sala de aula, desde o início, como um modo de conhecer que coexiste de maneira não hierárquica com outros modos de conhecer, será menor a possibilidade de ela ser usada para silenciar.

Bell Hooks

apresentação

❡ A OBRA ALENCARIANA é uma das peças do quebra-cabeça chamado *romantismo brasileiro*. Por esse motivo, José de Alencar é um autor incontornável nos estudos literários sobre a produção da segunda metade do século XIX. Conforme Antonio Candido, o sistema literário surgido no período árcade desdobrou-se em um acúmulo de instrumental expressivo fermentado no contexto romântico brasileiro, processo que motiva as relações entre essa produção e as obras do século XX. É sob essa perspectiva que foi organizado, neste livro, o raciocínio que envolve a exposição das características composicionais da obra de Alencar. Interessa-nos, portanto, apreender a criação literária do século XIX, sobretudo o romantismo alencariano, como algo em construção, tecendo-se pela capacidade de, por um lado, aliar-se à tradição moderna da literatura brasileira e, por outro, comunicar-se com você, caro leitor.

Nesse sentido, a incursão ao século XIX é realizada no primeiro capítulo, por meio de um mosaico construído por peças literárias provenientes de diferentes contextos: o inglês, o francês, o alemão. A ideia de mosaico se deve ao propósito de enxergarmos as linhas que separam uma peça da outra, visualizando-as também como linhas que unem cada uma das peças, de modo a apresentar um todo fragmentado. Pelo fragmento, nota-se o modo de viver transformado com a ideia de nação moderna, em que as inovações técnicas, entre as quais as da imprensa, impulsionavam a divulgação de textos em língua vernácula. O jornal foi o meio pelo qual o romance-folhetim atravessou fronteiras, e são romances-folhetins os primeiros textos de ficção publicados por José de Alencar, razão pela qual as características desse gênero foram abordadas no primeiro capítulo.

As nacionalidades foram acompanhadas das respectivas literaturas, obras cuja configuração moderna veio à luz pela teoria poética do primeiro romantismo alemão, centrado na imaginação do indivíduo. Sob esse aspecto, ainda no capítulo inicial também são discutidos elementos do ideário romântico, como o amor-paixão. A ele associa-se a relação entre a idealização amorosa e as ficções de fundação, em que o elemento indígena atua como símbolo da pátria, uma relação observada pela recepção crítica de *Iracema* (1865) e de *O guarani* (1857). Nessa linha, colado à escrita de *O guarani* está o teatro alencariano; a abordagem de um e de outro promove o reconhecimento das apropriações da convenção literária efetuadas por José de Alencar em um período no qual o autor se fragmenta em Alencar folhetinista, Alencar dramaturgo e Alencar romancista, unindo-se ao nacionalismo literário que ponteia a produção romântica brasileira.

A continuidade das apropriações realizadas por Alencar é matéria do segundo capítulo, que expõe o diálogo entre *As minas de prata* (1865-1866) e o romance histórico de Walter Scott. Iniciado com a identificação das características do romance scottiano investigadas pela teoria do romance histórico de György Lukács, o mapeamento do modelo clássico do romance histórico entrelaça a teoria de Lukács e a obra de Scott; desse modo, inclui o contato com *Ivanhoé* (1819), romance no qual Walter Scott ficcionaliza o período medieval inglês. As semelhanças e as diferenças entre o romance histórico de Alencar e o de Scott são apontadas com o objetivo de expor as peculiaridades apresentadas pela obra alencariana no tocante ao uso do modelo europeu, razão pela qual a proposição teórica de Silviano Santiago acerca do texto descolonizado está presente nessa discussão. *O garatuja* (1873) e *Guerra dos mascates* (1873-1874) comparecem para findar a conversa sobre o romance histórico de José de Alencar, abrindo possibilidades de investigação do cômico mobilizado pelo narrador alencariano, que desvenda eventos passados sob a luz do jogo político contemporâneo.

Os assuntos do terceiro capítulo estão abrigados na década de 1870, em que José de Alencar passa a assinar seus romances também como Sênio. Componentes das escolas realista e naturalista ascendem, ao passo que a vertente romântica está em declínio, momento em que os escritores se voltam para elementos do Brasil interiorano. Nesse contexto, são publicados *Inocência* (1872), de Visconde de Taunay, *O sertanejo* (1875), de José de Alencar, e *O Cabeleira* (1876), de Franklin Távora. Esses três romances são os condutores da discussão sobre como a criação literária incorpora as regiões do interior, inclusive o sertão, motivo pelo qual as vozes de Lúcia Miguel-Pereira, Eduardo Vieira Martins e Joaquim Maurício Gomes de Almeida, além do já mencionado Antonio Candido, fazem a mediação acerca da problemática referente à construção da personagem rural e do espaço sertanejo. Assim, os assuntos são diretamente ligados à noção de regionalismo conformada pela crítica literária do século XX.

Considere o quarto capítulo o desdobramento da discussão realizada no terceiro, porque nele você é convidado a aprofundar-se na expressão regionalista por meio dos aspectos composicionais de *O gaúcho* (1870), *O tronco do ipê* (1871), *Til* (1872) e *O sertanejo* (1875). A simbiose entre a personagem e o espaço volta a ser abordada em prol da compreensão da técnica de composição da paisagem em *O gaúcho* e em *O sertanejo*. Por esse motivo, os conceitos formulados por Candido – visão transfiguradora e tendência genealógica – estão presentes para nos ajudar a visualizar a hipérbole com que são tratados herói e natureza. Tais conceitos são debatidos também pela vocação romântica de buscar no passado tradições que integrem o acervo cultural do presente. Com relação ao herói, a crítica sinóptica de Northrop Frye é abordada para demonstrar que a história romanesca é uma convenção a ser observada na construção ficcional de José de Alencar. Já *O tronco do ipê* e *Til* são romances que apresentam o trânsito do rural para o urbano, razão pela qual é necessário reconhecer a ordem escravocrata investigada por Maria Sylvia de Carvalho Franco, a fim de entrarmos em contato com práticas sociais como o apadrinhamento, que atravessa a organização social brasileira, fazendo-se presente na criação literária da segunda metade do século XIX.

Os dois últimos capítulos correspondem ao tratamento do romance urbano alencariano. No quinto capítulo, são construídos diálogos crítico-teóricos a respeito das orientações de Antonio Candido, Roberto Schwarz e Silviano Santigo. A especificação do caminho crítico que cada um deles segue é antecedida pela interlocução entre dois textos seminais, *Notícia da atual literatura brasileira: instinto de nacionalidade* (1873), de Machado de Assis, e *Formação da literatura brasileira: momentos decisivos 1750-1880* (1959), de Antonio Candido. O debate propiciado pelo encontro dessas vozes possibilita o entendimento de como cada uma dessas perspectivas aborda a problemática do modelo europeu usado na criação literária brasileira oitocentista, implicando as diferentes possibilidades de configuração da tradição interna da literatura brasileira.

Nesse sentido, os três Alencares nomeados por Candido integram os dois capítulos finais. Ainda no quinto capítulo, os três são descritos para que o foco, no sexto e último capítulo, se detenha no Alencar dos adultos, verificado pela ênfase com a qual o componente social é trabalhado como elemento estrutural da obra, criando perfis femininos como os de Lúcia e de Aurélia, protagonistas de *Lucíola* (1862) e de *Senhora* (1875), respectivamente. O último capítulo consiste no aprofundamento da análise de ambos os romances, de modo a ressaltar, além de temas associados ao *topos* da corrupção da sensibilidade pelo dinheiro, o ato de ler como agente da contiguidade entre construção poética, observação da sociedade e reconhecimento da subjetividade. Portanto, conforme a teoria poética romântica, tenha em vista que a subjetividade em questão no ato da leitura não é somente a das protagonistas, é também a nossa, leitor companheiro.

A ficção alencariana revisitada pela assimilação do modelo estrangeiro constitui-se em um lugar bastante frequentado nos estudos literários, motivo pelo qual fez parte de nossa experiência no decorrer do livro. Somou-se a esse lugar o reconhecimento de convenções literárias e componentes da ficcionalidade vinculados ao(s) romantismo(s). *Romantismo* também está registrado no plural porque o movimento romântico apresentou mais de uma versão conforme os países que frequentou, variando o período em que esteve presente nos diferentes contextos. E todas essas linhas foram aqui manejadas para que você possa posicionar-se criticamente acerca da fortuna crítica alencariana, e, sobretudo, possa entrever nestas páginas o prazer de ler ficção.

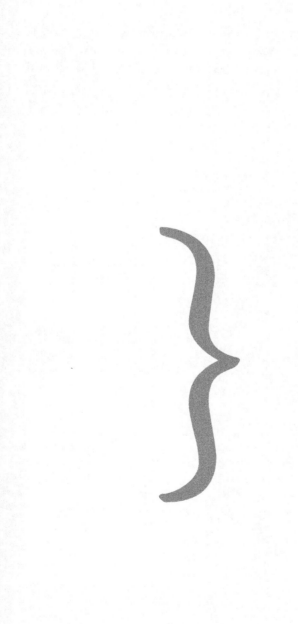

como aproveitar ao máximo este livro

Empregamos nesta obra recursos que visam enriquecer seu aprendizado, facilitar a compreensão dos conteúdos e tornar a leitura mais dinâmica. Conheça a seguir cada uma dessas ferramentas e saiba como estão distribuídas no decorrer deste livro para bem aproveitá-las.

Logo na abertura do capítulo, informamos os temas de estudo e os objetivos de aprendizagem que serão nele abrangidos, fazendo considerações preliminares sobre as temáticas em foco.

Nestes boxes, apresentamos informações complementares e interessantes relacionadas aos assuntos expostos no capítulo.

"iguais" pelo critério da nacionalidade. Conforme Anderson (2008, p. 82), a "convergência do capitalismo e da tecnologia de imprensa sobre a fatal diversidade da linguagem humana criou a possibilidade de uma nova forma de comunidade imaginada, a qual, em sua morfologia básica, montou o cenário para a nação moderna". A nação moderna, por sua vez, apresenta a ideia de unidade que abarca diferentes nacionalidades, cada qual identificada, principalmente, pelo uso de determinada língua.

As comunidades imaginadas ensejaram a nação moderna fixada pelo Estado-Nação, o qual passou a existir por fronteiras que delimitaram geográfica e politicamente cada território. Se, por um lado, a demarcação territorial trazia a possibilidade de intercâmbio cultural e linguístico entre diferentes povos, por outro, instigava o vínculo entre pátria e nação.

Importante!

No contexto brasileiro, a ideia de nacionalidade foi nutrida por narrativas ficcionais nas quais o protagonismo do amor idealizado auxiliou a construção do vínculo entre os sujeitos e a terra ou, ainda, entre os indivíduos e a pátria.

Portanto, no século XIX, testemunhou-se nova percepção histórica que envolvia as esferas intelectual, artística e filosófica. Esse novo modo de olhar e de entender as coisas ao redor foi também construído, cultural e simbolicamente, pelas ideias do movimento romântico, responsáveis por empossar a imaginação

> Algumas das informações centrais para a compreensão da obra aparecem nesta seção. Aproveite para refletir sobre os conteúdos apresentados.

---

ficcionalização do passado, seja pelo frenesi da aventura e pelo realce do heroísmo, como se verifica em *As minas de prata*, seja pelo riso satírico ensejado pelo rebatizamento da matéria histórica, conforme observado em *O guarani* e em *Guerra dos mascates*.

Síntese

Neste segundo capítulo, abordamos procedimentos do romance histórico, compreendendo essa modalidade narrativa como o conjunto de textos em que determinado período histórico é ficcionalizado. Tendo isso em vista, a ficcionalização do passado foi observada na obra de Walter Scott, de acordo com o modelo clássico do romance histórico elaborado por György Lukács, em cuja teoria foram destacados os seguintes pontos acerca da composição do romance scottiano: distância entre o tempo da escrita e o tempo da narrativa a conceber o passado como pré-história do presente; interação entre personagens inventadas (entidades nativas) e personagens históricas (entidades imigrantes); e protagonismo de personagens à margem da nobreza.

Sob tais aspectos, reconhecemos elementos composicionais de *Ivanhoé* na construção de *As minas de prata*, o romance de maior fôlego escrito por José de Alencar, de modo a revelarmos semelhanças e diferenças apresentadas pela fabulação de *As minas de prata* em relação ao modelo scottiano. Por esse motivo, sublinhamos, por um lado, a amplificação do heroísmo no romance de Alencar, enfatizando o enredo de aventura na refiguração do período colonial brasileiro, fator que envolve a convenção do romance de capa e espada, em que abundam as

> Ao final de cada capítulo, relacionamos as principais informações nele abordadas a fim de que você avalie as conclusões a que chegou, confirmando-as ou redefinindo-as.

Atividades de autoavaliação

1. A respeito do nacionalismo literário, indique se as afirmações a seguir são verdadeiras (V) ou falsas (F).
   - ( ) O programa romântico de construção da brasilidade associou a ideia de nação à de pátria como uma terra natal.
   - ( ) Os escritores viam-se a si próprios como agentes do processo civilizatório responsável pela construção da identidade nacional.
   - ( ) As trocas culturais com outras nacionalidades foram irrelevantes para o projeto romântico brasileiro.
   - ( ) A língua brasileira é um dos pontos ressaltados na construção literária que envolve aspectos da brasilidade.
   - ( ) O tratamento da natureza brasileira nas obras foi consoante ao enobrecimento da pátria.

   Agora, assinale a alternativa que corresponde à sequência obtida:
   a. V, V, F, F, F.
   b. V, F, F, V, V.
   c. V, V, F, F, V.
   d. F, V, V, F, V.
   e. F, F, V, V, V.

2. Assinale a alternativa que identifica corretamente o elemento indígena brasileiro integrado à noção de cor local:
   a. A construção da personagem indígena foi mediada pelas narrativas dos cronistas coloniais.
   b. O realismo formal é o meio pelo qual o elemento indígena foi transformado em personagem de ficção.

> Apresentamos estas questões objetivas para que você verifique o grau de assimilação dos conceitos examinados, motivando-se a progredir em seus estudos.

Atividades de aprendizagem

Questões para reflexão

1. *Iracema* foi traduzido para a língua alemã em 1896 por Christa von Düring (*Iracema. Ein Sang aus den Urwäldern Brasiliens*), sendo o romance de José de Alencar apresentado em versos. Baseando-se na operação tradutória explanada por Haroldo de Campos, esclareça por que a construção de *Iracema* dificulta o trabalho de tradução.

2. Levando em conta que a nação é identificada pelo uso de determinada língua, explique como os autores do século XIX compreenderam a questão da língua portuguesa utilizada como matéria criativa aplicada à literatura brasileira.

Atividade aplicada: prática

1. Leia um ou mais folhetins de José de Alencar e perceba as possíveis relações entre a escrita do folhetinista e a linguagem trabalhada na ficção alencariana. No caso de haver semelhanças, anote-as por meio do fichamento de tópicos abordados neste capítulo.

Aqui apresentamos questões que aproximam conhecimentos teóricos e práticos a fim de que você analise criticamente determinado assunto.

bibliografia comentada

ALENCAR, J. de. O *nosso cancioneiro*. Campinas: SP: Pontes, 1995.

Trata-se do volume de poucas páginas que apresenta conteúdo substancial, registrado por José de Alencar nas cartas destinadas ao amigo Joaquim Serra. Nelas, o discorrido sobre o folclore e a poesia popular é articulado a questões históricas, linguísticas e literárias que permearam a reflexão sobre a literatura brasileira do período romântico.

CANDIDO, A. *Literatura e sociedade*. São Paulo: Companhia Editora Nacional, 1965.

O livro apresenta um conjunto de ensaios cuja orientação crítica e teórica explora as relações entre o campo literário e o campo social. A inter-relação entre literatura e sociedade é demonstrada pela visão panorâmica e aprofundada sobre a criação literária e a história da literatura, mantida pela análise de textos da literatura brasileira que formaram um arco temporal e qual sobre desde o período colonial até o século XX.

Nesta seção, comentamos algumas obras de referência para o estudo dos temas examinados ao longo do livro.

um	**O romantismo alencariano**
dois	José de Alencar e o romance histórico
três	A década de 1870 e o regionalismo
quatro	Romance regionalista de Alencar
cinco	A crítica literária e o romance urbano alencariano
seis	Leitura(s) em *Lucíola* e em *Senhora*

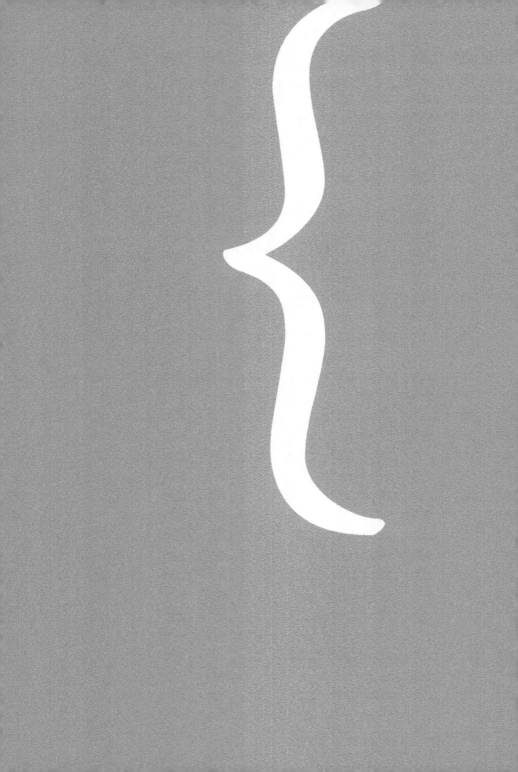

❦ PARA DAR INÍCIO aos estudos sobre a obra de José de Alencar, apresentamos traços do(s) romantismo(s). Faz parte de nossa incursão ao século XIX identificar a idealização amorosa e os aspectos que colocam ênfase na subjetividade e na capacidade imaginativa do indivíduo. A abordagem panorâmica do corpo de ideias do romantismo europeu possibilita enquadrar o rosto do período romântico brasileiro, motivo pelo qual o ideário romântico é tratado por meio das relações com a criação literária de José de Alencar.

Neste capítulo inicial também estão presentes as faces da escrita alencariana. Junto ao Alencar romancista enfocado em *O guarani* (1857) e em *Iracema* (1865), comparece o Alencar dramaturgo nas comédias realistas *O demônio familiar* (1858) e *As asas de um anjo* (1860), unindo-se a esses dois o Alencar folhetinista. Em todos eles, nota-se o desdobramento de questões acerca da nacionalidade e da sociedade do Rio de Janeiro na ocasião em que os escritores entraram em cena determinados a participar da construção da literatura brasileira.

umpontoum
Romantismo(s):
amor e nacionalidade

O substantivo *amor* unido ao adjetivo *romântico* percorreu extenso caminho para, ainda hoje, apresentar vestígios em nossa sociedade. A presença do amor romântico é percebida, por exemplo, em produtos culturais consumidos em grande escala, tais como novelas, séries, canções e sagas literárias, nos quais a relação amorosa é geralmente mostrada como comunhão perfeita entre duas almas que, uma sem outra, não teriam sentido para existir.

Denis de Rougemont (2003) situa a gênese desse amor, também designado amor-paixão, no amor impossível entre Tristão e Isolda, personagens de *O romance de Tristão* (1150-1190), de Béroul (2020). Escrita na Idade Média, essa narrativa participa de um segmento social em que o código da cavalaria e as regras da cortesia consistiam em uma espécie de manual de etiqueta para estimular a boa conduta dos membros da corte, razão pela qual a matriz do amor-paixão é situada na prática cortês da nobreza dos séculos XII e XIII. Ao discorrer sobre a persistência dessa concepção de amor no imaginário do Ocidente, Rougemont (2003) caracteriza o amor-paixão como aquele que dispensa o sujeito a quem o sentimento seria destinado, ou seja, tanto Tristão quanto Isolda amam, contudo não é ela quem ele ama, tampouco ele é amado por ela, pois ambos amam o fato de estarem amando – amam o sentimento da paixão em vez de amarem um ao outro.

FIGURA 1.1 – *TRISTÃO E ISOLDA COM A POÇÃO*

WATERHOUSE, J. W. Tristão e Isolda com a poção. c. 1916. Óleo sobre tela: color.; 109,2 × 81,2 cm. Coleção particular de Fred e Sherry Ross.

Essa concepção de amor foi disseminada pelos romances de cavalaria, tornando famosas as aventuras de personagens como Rei Arthur, Lancelot e os demais cavaleiros da Távola Redonda, que compõem o ciclo bretão do qual *O romance de Tristão* faz parte. Ao mesmo tempo trágico e sublime, o amor-paixão foi incorporado pelo(s) romantismo(s), passando a constituir-se como ideal, isto é, o amor é idealizado porque vive da impossibilidade e, justamente por ser impossível, é sempre apaixonado. Essa é a substância do amor veiculado em romances que circulavam profusamente na imprensa do século XIX: os romances-folhetins.

> ## Curiosidade
>
> Romance-folhetim é um produto da imprensa francesa originado na década de 1830. Trata-se de um texto cuja publicação era feita em pedaços, isto é, em edições diárias (ou semanais) no rodapé do jornal. Por exemplo, antes de ser publicado em livro, *O guarani* foi veiculado em partes, de janeiro a abril de 1857, no *Diário do Rio de Janeiro*, jornal no qual José de Alencar ingressara como redator-gerente em 1855.

Nesse sentido, Benedict Anderson (2008) demonstra como o jornal foi importante para a conformação da ideia de nação, dado seu modo de circulação e o público atingido, alcance decorrente de novos meios técnicos de reprodução em que a língua vernácula sobressaía impressa nos textos. Logo, a circulação massiva de jornais foi crucial para a concepção de comunidade imaginada, pois, de um lado, determinada comunidade era reconhecida como tal por outras comunidades e, de outro, membros de uma mesma comunidade reconheciam-se entre si, isto é, reconheciam-se como "iguais" pelo critério da nacionalidade. Conforme Anderson (2008, p. 82), a "convergência do capitalismo e da tecnologia de imprensa sobre a fatal diversidade da linguagem humana criou a possibilidade de uma nova forma de comunidade imaginada, a qual, em sua morfologia básica, montou o cenário para a nação moderna". A nação moderna, por sua vez, apresenta a ideia de unidade que abarca diferentes nacionalidades, cada qual identificada, principalmente, pelo uso de determinada língua.

As comunidades imaginadas ensejaram a nação moderna fixada pelo Estado-Nação, o qual passou a existir por fronteiras que delimitavam geográfica e politicamente cada território. Se, por um lado, a demarcação territorial trazia a possibilidade de intercâmbio cultural e linguístico entre diferentes povos, por outro, instigava o vínculo entre pátria e nação.

> ## Importante!
>
> No contexto brasileiro, a ideia de nacionalidade foi nutrida por narrativas ficcionais nas quais o protagonismo do amor idealizado auxiliou a construção do vínculo entre os sujeitos e a terra ou, ainda, entre os indivíduos e a pátria.

Portanto, no século XIX, testemunhou-se nova percepção histórica que envolvia as esferas intelectual, artística e filosófica. Esse novo modo de olhar e de entender as coisas ao redor foi também construído, cultural e simbolicamente, pelas ideias do movimento romântico, responsáveis por empossar a imaginação e o indivíduo como agentes transformadores da história. Para compreender o lugar ocupado pela literatura de José de Alencar na tradição moderna da literatura brasileira, é necessário levar em conta aspectos do ideário romântico que circularam, sobretudo, por meio do jornal e do romance, contribuindo para a criação literária de nosso romantismo. Desse modo, por intermédio do ideal romântico, o amor-paixão medieval atravessou fronteiras e consolidou-se em diferentes nacionalidades, razão pela qual seu desenvolvimento está inter-relacionado com condições históricas e materiais de diferentes sociedades durante o século XIX.

umpontodois
Cena literária oitocentista: o caso da literatura brasileira

Ao analisar romances ingleses do século XVIII, Ian Watt (2010) observa a convenção literária caracterizada pela particularização, o **realismo formal**, indicando a presença de personagens com nome e sobrenome, de marcas temporais e de lugares descritos com muito detalhamento; tais aspectos correspondem à particularização de categorias narrativas como personagem, tempo e espaço, responsável pela noção moderna de romance. Nas primeiras décadas do século XIX, a difusão do ideário romântico se dava via Madame de Staël, cuja obra *Da Alemanha* (1813), norteada pela teoria poética do primeiro romantismo alemão, introduziu o conceito de literatura moderna na cena europeia.

A noção moderna de romance e de literatura assentou-se em oposição ao classicismo. Nesse sentido, publicada na revista *Athenäum* (1798-1800), a teoria poética do primeiro romantismo alemão sublinha a ação da imaginação, pelo fato de ser esta considerada o meio de expressão da subjetividade individual: o gênio artístico capaz de rebelar-se contra a mecanização promovida pelo progresso. A posição central que indivíduo e imaginação ocupam na poesia romântica faz com que a mistura de gêneros, impensável antes do movimento romântico, seja proposta no *Fragmento 116* por Friedrich Schlegel (1987, p. 55)*: "[A poesia romântica] quer e deve também misturar e fundir poesia e prosa, inspiração e crítica, poesia de arte e poesia da natureza, tornar a poesia viva e sociável, e a sociedade e a vida poéticas [...]". A operação conjunta de poesia e prosa, inspiração e crítica, poesia e sociedade é realizada, por exemplo, em *Iracema*, romance do qual trataremos no final do capítulo.

---

* Nesse contexto, o termo *poesia* tem o significado de "obra de arte"; logo, *poesia romântica* equivale a *obra romântica*.

> ## Importante!
>
> Entre os integrantes do primeiro romantismo alemão (*Frühromantik*), destacam-se Friedrich Schlegel e o poeta Novalis por causa da publicação dos *Fragmentos* sobre a poesia romântica na revista *Athenäum*. Esse primeiro romantismo foi refratário ao progresso, pois o entendia como atrofia da capacidade de reflexão, cujo efeito seria o empobrecimento da sensibilidade humana. Por esse motivo, o gênio é o indivíduo definido pela atividade da imaginação traduzida em autoconsciência poética.

O ideário romântico aportou no Brasil na década de 1830, no contexto de um país recém-independente que, além da autonomia política, reivindicava também a autonomia intelectual em relação a Portugal. Nesse cenário, a discussão sobre a existência ou não da literatura brasileira ensejou polêmicas, algumas delas encabeçadas por José de Alencar, em defesa das especificidades do uso corrente da língua portuguesa no Brasil. Questões sobre a literatura nacional, portanto a literatura brasileira escrita em língua portuguesa, já eram pauta no meio letrado antes de Alencar entrar em cena, como demonstra o ensaio *Da nacionalidade da literatura brasileira* (1843), de Santiago Nunes Ribeiro. Nesse ensaio, são expostos fatores responsáveis pela afirmação da nacionalidade da literatura brasileira, os quais determinam, por meio de exemplos extraídos de textos literários, as diferenças linguísticas e expressivas apresentadas pela língua portuguesa em solo brasileiro. Ribeiro (1974) observa que práticas sociais e culturais diferem mesmo no caso de povos vizinhos e que tal fato implica, consequentemente, que a diferença relacionada a hábitos e costumes também seja identificada entre sociedades distantes espacialmente, como Portugal (ex-colonizador) e Brasil (ex-colônia). Nessa exposição referente às particularidades de cada povo, verifica-se a tônica da expressão romântica da nacionalidade, a saber, a cor local, entendida como conjunto de traços sociais e culturais identificados, especialmente, pelo clima de cada lugar, isto é, pelas características do ambiente responsáveis pela manifestação da essência de cada povo.

> ## Importante!
>
> Em nosso romantismo, a cor local foi assimilada, principalmente, via *O gênio do cristianismo* (1802), de François-René de Chateaubriand. Esse é um dos motivos pelos quais a natureza é associada ao manancial da criação divina, destacando-se na produção de romances brasileiros. Se você porventura abrisse vários desses romances na página inicial, constataria a presença da natureza brasileira tratada de modo sublime, ou seja, pelo aspecto composicional a expressar o deslumbramento acompanhado do êxtase.

Sob tais aspectos, Antonio Candido (2012) registra que a linha de força do programa romântico brasileiro foi o nacionalismo literário, o qual apresenta o sentido de missão patriótica em que se lançaram os literatos no intuito de efetivar a autonomia intelectual com a construção de uma literatura dedicada à exaltação do Brasil. Nessa direção, em que a literatura nacional não mais se regia pelo braço do classicismo, tampouco pela literatura portuguesa, o primeiro polo difusor do ideário romântico no Brasil foi o grupo da revista *Niterói*. Entre os membros da *Niterói*, destaca-se Gonçalves de Magalhães, que indaga em seu *Ensaio sobre a história da literatura do Brasil*: "Pode o Brasil inspirar a imaginação dos Poetas? E os seus indígenas cultivaram porventura a Poesia?" (Magalhães, 1836, p. 153). Na resposta dada por Magalhães à pergunta por ele próprio lançada, nota-se o propósito de fazer o nexo entre passado e presente, em que o passado apresenta o elemento indígena já integrado à noção de cor local e o presente é dimensionado pela missão literária patriótica.

São esses os elementos em jogo no momento em que José de Alencar entrou na cena literária, sob a condição patriótica que ajustava o ideário romântico ao calibre majestoso da mata, do céu e dos mares brasileiros.

umpontotrês
José de Alencar: diferentes gêneros

José de Alencar começou a atuar como escritor em 1854, no jornal *Correio Mercantil*, exercendo a função de folhetinista na série intitulada "Ao correr da pena". Ao folhetinista cabia a tarefa de unir em um mesmo texto a variedade das ocorrências da semana. Além do sortimento de assuntos do cotidiano referentes à política, à sociedade e às artes, o folhetim também continha humor e lirismo, motivo pelo qual é aparentado com a crônica de nossos dias, embora no folhetim prevalecesse o traço informativo que a crônica foi deixando de lado no decorrer do século XX. O já comentado romance-folhetim derivou desse espaço destinado ao entretenimento, localizado no rodapé da página do jornal cujo nome de origem francês é *feuilleton*. Alencar discorreu sobre a atividade de folhetinista no folhetim de 24 de setembro de 1854:

> *Obrigar um homem a percorrer todos os acontecimentos, a passar do gracejo ao assunto sério, do riso e do prazer às misérias e às chagas da sociedade; e isto com a mesma graça e a mesma* nonchalance *com que uma senhora volta as páginas douradas do seu álbum, com toda a finura e delicadeza com que uma mocinha loureira dá sota e basto a três dúzias de adoradores! Fazerem do escritor uma espécie de colibri a esvoaçar em ziguezague, e a sugar, como o mel das flores, a graça, o sal e o espírito que deve necessariamente descobrir no fato o mais comezinho!* (Alencar, 2004a, p. 25-26)

No comentário acerca da atividade que ele próprio desempenhava, percebe-se o tom bem-humorado com o qual se passava em revista o cotidiano da cidade. O Rio de Janeiro encontrava-se em transformação: 1854 foi o ano em que a primeira estrada de ferro do Brasil foi inaugurada, fato que importava ao folhetinista porque a ele competia informar acontecimentos sobre diferentes temas. Além da inauguração de linhas férreas, eventos similares eram registrados nos folhetins de "Ao correr da pena", tais como a estruturação do Teatro Lírico, a iluminação a gás do Passeio Público, a remodelagem da Rua do Ouvidor, onde foram construídas passagens ao molde das galerias envidraçadas de Paris.

> ## Curiosidade
>
> O Passeio Público é mencionado nos folhetins e romances de José de Alencar. Por exemplo, no prefácio de *O garatuja* (1873), Alencar jocosamente informa que o argumento usado na escrita desse romance surgiu em uma conversa com um senhor no Passeio Público. Se tal senhor existiu, jamais saberemos; fato é que o Passeio Público continua a testemunhar a passagem dos séculos no mesmo lugar de outrora.

A fortuna crítica alencariana reconhece na atividade de folhetinista um meio que possibilitou a José de Alencar exercitar-se tecnicamente, lançando mão de recursos que lhe seriam proveitosos para firmar-se como escritor reconhecido. Nesse sentido, a atualização semanal acerca dos acontecimentos da cidade forneceu ao escritor o repertório temático calcado na realidade social do Rio de Janeiro, de modo que a competência literária do Alencar folhetinista contribuiu tanto para o Alencar romancista quanto para o Alencar dramaturgo, habilidades que comentaremos a seguir.

1.3.1 O teatro do autor de *Luciola*

Como você pôde observar até aqui, o século XIX foi marcado pela transformação tanto de ideias quanto de aspectos materiais, já que o processo de modernização acentuado desde o século XVIII imprimia velocidade à vida cotidiana, apresentando uma série de inovações antes inimagináveis. O progresso entendido como pilar da civilização esteve estreitamente associado à modernização do contexto europeu, seja na franca expansão industrial da Inglaterra, seja na Paris tornada centro cultural, intelectual e estético. No Brasil, o desenvolvimento nos termos do liberalismo europeu começou a tomar forma a partir de 1850, com a extinção do tráfico de escravizados pela Lei Eusébio de Queirós, fato que promoveu em nossa sociedade a formação da célula burguesa composta por comerciantes, profissionais liberais etc.

O Alencar folhetinista enxergava o progresso de modo oscilante, pois, em seus folhetins, ora se entusiasmava com a modernização do Rio de Janeiro, ora se enfezava com a agiotagem e a especulação de ações que também se estabeleciam como práticas sociais ligadas ao capital burguês. Nesse sentido, o teatro alencariano apropriou-se da temática associada ao modo de viver da burguesia presente na **comédia realista francesa**, adaptando-a para a realidade brasileira. Logo, a dramaturgia de Alencar apresenta o dinheiro e a ganância como linha de força para o desenvolvimento de temas como o mercado matrimonial e a prostituição. Levada ao palco em 1858, *As asas de um anjo* aborda a prostituição no Rio de Janeiro e enfatiza a ausência de educação familiar, cuja consequência é a fraqueza moral da mulher, que, motivada por promessas de uma vida venturosa e abastada, relaciona-se com o outro sexo por meio do comércio do próprio corpo.

João Roberto Faria (1993) observa a atenção dispensada ao problema da prostituição e afirma que, ao plasmar esse tema da dramaturgia francesa, *As asas de um anjo* dela difere por ter a ação focada no motivo pelo qual a personagem Carolina é induzida a errar. Assim, em vez de investir na condenação da mulher mundana, conforme se verifica no teatro francês, a ação da peça de Alencar é conduzida para que dela emerja a regeneração da personagem cortesã. José de Alencar apresentou o seguinte juízo a respeito da comédia realista que realizara:

> *Quando tive a ideia de escrever* As asas de um anjo, *hesitei um momento antes de realizar o meu pensamento; interroguei-me sobre a maneira por que o público aceitaria essa tentativa, e só me resolvi depois de refletir que as principais obras dramáticas filhas da escola realista –* A dama das camélias, As mulheres de mármore *e* As parisienses, *têm sido representadas em nossos teatros* [...]. (Alencar, 1974, p. 96)

Ao citar textos de autores franceses que faziam sucesso no palco brasileiro, o autor justifica a apropriação formal e temática da comédia realista francesa, feita com o propósito de expor problemas do Rio de Janeiro contemporâneo e de indicar a maneira de solucioná-los, como se nota em *As asas de um anjo*.

> ## Curiosidade
>
> Alexandre Dumas Filho publicou *A dama das camélias* em 1848, romance inspirado no caso de amor que o escritor teve com Marie Duplessis, famosa cortesã de Paris. O sucesso alcançado pela história de amor entre Armand, rapaz do interior, e Marguerite, cortesã parisiense, fez com que o autor a adaptasse para o teatro em 1851. A peça homônima de Dumas inspirou a escrita de *As asas de um anjo*; já o romance *A dama das camélias* está relacionado com a construção do romance urbano *Lucíola*, publicado por José de Alencar em 1862.

Ao refletir sobre a elaboração do teatro nacional, Alencar entendeu que a apropriação da comédia realista francesa agregava naturalidade à atuação, e essa seria a forma ideal para discutir assuntos da contemporaneidade, pois a dramaturgia de Dumas Filho (1996) mostrou atores agindo em cena tal qual agiam os indivíduos em sociedade. A naturalidade presente na movimentação e na fala dos atores é a principal inovação formal levada à cena pela comédia realista francesa, plasmada por Alencar na construção de diálogos e rubricas que favoreciam a expressão da naturalidade na representação da peça.

O demônio familiar estreou no final de 1857 e segue essa mesma linha; todavia, expõe o tema da escravidão doméstica, colocando em foco a inadequação de práticas arcaicas, como a manutenção de escravizados domésticos em lares já orientados pela ideologia burguesa. Embora o desenvolvimento nos moldes do liberalismo ainda se manifestasse timidamente na sociedade brasileira da época, os textos dramáticos de Alencar apresentam personagens cujas profissões correspondem ao modelo liberal – por exemplo, em *O demônio familiar*, Eduardo é médico. Outros profissionais liberais, como jornalistas e advogados, que já se faziam presentes naquela sociedade também integram a galeria de personagens alencariana.

É também Faria (1993) quem indica a preocupação dos dramaturgos brasileiros com a existência de práticas patriarcais escravistas em uma sociedade que iniciara a incorporação de valores liberais fundamentados, sobretudo, no trabalho e na família, eixo representativo da sociedade civilizada. Por esse motivo, na peça de Alencar, o escravizado Pedro é alforriado ao final, porque Eduardo (apaixonado por Henriqueta) entende ser a alforria uma maneira de punir Pedro pelas trapaças realizadas no intuito de separá-lo de Henriqueta. O propósito de Pedro era fazer com que o médico se casasse com uma mulher rica, promovendo a ascensão social de Eduardo, a qual também se estenderia a Pedro, tornando possível a este o desejo de tornar-se cocheiro. Na fala reproduzida a seguir, Eduardo se dirige a Pedro para informá-lo sobre a alforria concedida:

> *Toma: é a tua carta de liberdade, ela será a tua punição de hoje em diante, porque as tuas faltas recairão unicamente sobre ti; porque a moral e a lei te pedirão uma conta severa de tuas ações. Livre, sentirás a necessidade de trabalho honesto e apreciarás os nobres sentimentos que hoje não compreendes.* (Alencar, 2004b, p. 276)

Na visão de Eduardo, o trabalho, a moral e a honestidade constituem a base da sociedade civilizada, porém dela destoa Pedro, o sujeito escravizado. Por quê? Seria, de fato, pela incompreensão de "nobres sentimentos", como afirma Eduardo? Você porventura identifica a incongruência presente na fala da personagem?

Importante!

Eduardo atribui ao sujeito escravizado – e não ao sistema escravocrata – a responsabilidade sobre ações vergonhosas. De acordo com Bernardo Ricupero (2004, p. 190), Alencar esqueceu, "contudo, que a barbárie está na escravidão e não nos escravos [sic], sendo a condição servil motivo suficiente para que homens e mulheres se comportem de maneira aparentemente não civilizada".

Estando-se ciente dessa incongruência, vale a pena notar, na fala de Eduardo, a construção pautada na oralidade ("porque a moral e a lei te pedirão"), fator que contribui para o efeito de naturalidade cênica na representação dos atores. E assim José de Alencar ponteou a criação do repertório dramático do teatro nacional em formação: teatro brasileiro (des)afinado com os preceitos de civilização em voga no século XIX.

umpontoquatro
Indianismo de Alencar: tradição moderna da literatura brasileira

O guarani (1857) foi publicado no mesmo ano em que a companhia de teatro Ginásio Dramático estreou *O demônio familiar*. Diferentemente dos textos escritos para o teatro, em que os temas do Rio de Janeiro contemporâneo são levados ao palco, os romances indianistas apresentam um recuo no tempo, de modo a estabelecer no passado o vínculo entre pátria e nação. Logo, são narrativas ficcionais construídas, de um lado, pela via da história e, de outro, pela idealização do elemento indígena.

Segundo Alfredo Bosi (1992), o indianismo de Alencar aciona um mecanismo simbólico no qual o aspecto heroico atribuído ao indígena está contido na nobreza moral conferida ao colonizador português. Sob tal aspecto, a simbologia construída apresenta carga mítica porque o colonizador figura como herói ao invés de ser tratado como elemento hostil. Nesse sentido, "importa é ver como a figura do índio belo, forte e livre se modelou em um regime de combinação com a franca apologia do colonizador" (Bosi, 1992, p. 179). O entroncamento entre história e mito nos romances indianistas participa da tradição moderna da literatura brasileira para o bem e para o mal. Por esse motivo, reconheceremos o indianismo de Alencar valendo-nos da operação de João Luiz Lafetá (2004) na análise da inovação do modernismo brasileiro: distinção entre estético e ideológico sem, no entanto, ignorar que o segundo está contido no primeiro. Desse modo, entenderemos no que consiste o projeto ideológico presente no projeto estético do autor de *O guarani*.

Antes de lançar *O guarani*, José de Alencar, sob o pseudônimo Ig., publicou uma série de cartas no *Diário do Rio de Janeiro* em que criticava o poema nacional de Gonçalves de Magalhães, *A Confederação dos Tamoios* (1856), cuja temática são os costumes indígenas. As cartas de Ig. deram vez à polêmica sobre *A Confederação dos Tamoios* e, nessa discussão, José de Alencar (2007) reiterou a ausência de imagens poéticas na obra de Magalhães. Tais imagens consistem em um importante componente estético notado nos romances indianistas alencarianos, pois são responsáveis pela poesia com que os quadros da natureza foram criados, nos quais se percebe a elaboração de uma linguagem literária embasada no conhecimento do autor sobre a língua tupi.

Assim como outros escritores do período romântico, Gonçalves de Magalhães e José de Alencar pesquisaram as crônicas históricas sobre o período colonial no intuito de manejá-las na escritura de suas obras. Mesmo consultando as mesmas fontes históricas, a interpretação sobre personagens e eventos históricos não é a mesma, já que a literatura de Alencar difere da literatura de Magalhães. O primeiro se filiou à proposta de mestiçagem defendida na dissertação *Como se deve escrever a história do Brasil*, de Karl Friedrich Phillip von Martius (1845), a qual apresenta o entrecruzamento de raças entendido como agente da formação social brasileira. A adesão de Alencar à proposta de Martius implicou, ideologicamente, a subtração dos conflitos que culminaram no genocídio dos povos originários, assim como no silenciamento das vozes africanas. Conforme Doris Sommer (2004), em ficções de origem da nação tais como o são *O guarani* e *Iracema*, a união entre portugueses e indígenas funciona como reincidência da conciliação política experimentada a partir da maioridade de D. Pedro II, ocasionando, por sua vez, a falácia da diversidade racial, porque o amor idealizado entre colonizado e colonizador encobre o crime histórico do racismo e, consequentemente, deixa-nos o legado cultural que consiste em naturalizar o extermínio dos povos originários e dos povos negros.

Ao compararem as fontes históricas usadas por Gonçalves de Magalhães e por José de Alencar, tendo em vista a criação dos textos de ficção, bem como a exposição crítica de Alencar e a polêmica literária dela derivada, Cristina Ferreira e Thiago Lenz (2019) indicam que, ao contrário de Alencar, Magalhães registrou o extermínio dos indígenas praticado pelos portugueses porque optou pela fidelidade aos fatos históricos. Os historiadores também observam que, mesmo criticando o uso da violência contra os povos originários, o autor de *A Confederação dos Tamoios* foi a "favor do aldeamento e da catequização como um dever imposto pelo patriotismo, sustentando com veemência que essa seria a forma mais eficaz de integração do indígena à população brasileira" (Ferreira; Lenz, 2019, p. 232).

> **Importante!**
>
> A mestiçagem e a catequização foram consideradas práticas para civilizar a sociedade brasileira. Tais meios visavam ao estabelecimento de uma hierarquia entre as matrizes culturais constitutivas da identidade nacional, em que a cultura do colonizador europeu é superestimada em relação às matrizes indígena e africana.

Portanto, a veia ideológica do programa romântico brasileiro envolve a visão eurocêntrica a respeito da civilização e está presente na expressão dos romances indianistas nos quais nos deteremos mais atentamente daqui por diante.

1.4.1 O romance brasileiro intitulado *O guarani*

A narrativa de *O guarani* se passa no início do século XVII. As situações ficcionais se desenvolvem na floresta e, principalmente, na casa de D. Antônio de Mariz (nobre português), a qual abriga Ceci (Cecília), sua filha; Diogo de Mariz, seu filho; Dona Lauriana, sua esposa; Álvaro de Sá, pretendente de Cecília; Isabel, filha ilegítima de D. Antônio e apaixonada por Álvaro; os agregados, entre eles Loredano, aventureiro que figura como vilão do romance; e o indígena Peri, instalado nas proximidades da casa.

Em seus enredos, *O guarani* e *Iracema* apresentam o predomínio do amor e da aventura. O primeiro romance se detém no amor-devoção que o protagonista indígena Peri dedica a Ceci. No segundo, Iracema, da tribo tabajara, é a protagonista que salva o português Martim curando-o de um ferimento, ocasião em que, por ele apaixonada, deixa sua tribo para com ele estar. No início do capítulo, registramos a persistência do amor-paixão no(s) romantismo(s), e este é o momento de a ele retornar a fim de buscarmos esclarecer como esse amor se comporta no indianismo alencariano. Nesse sentido, segundo a periodização feita no prefácio de *Sonhos d'ouro* (1872), intitulado "Benção paterna", Alencar (1965a) destaca que *O guarani* situa-se no período colonial, contendo em si o estreitamento dos laços entre o invasor e a terra, ou seja, mostra o elo afetivo entre o colonizador e o espaço brasileiro.

Bosi (1992) correlaciona o amor incondicional dos protagonistas indígenas com o autossacrifício, em que a pulsão amorosa é destrutiva porque os valores do outro são preservados à custa do apagamento das próprias origens, como observado em *O guarani*, podendo levar até à morte, tal como acontece com a personagem Iracema. A expressão desse amor converte-se, portanto, em "mito sacrificial", este "latente na visão alencariana dos vencidos", e a essa visão soma-se o "esquema feudalizante de interpretação da nossa história" (Bosi, 1992, p. 186). Nessa linha de raciocínio, a consequência de o "esquema feudalizante" atuar como filtro interpretativo da história brasileira é: o amor age como expressão idealizada das relações entre os povos originários e o colonizador.

O relaxamento do conflito entre ambas as partes está contido na idealização confessamente usada por Alencar na construção da personagem indígena: "N'O *Guarani* o selvagem é um ideal, que o escritor intenta poetizar, despindo-o da crosta grosseira de que o envolveram os cronistas [...]" (Alencar, 1965a, p. 117). Vejamos como essa poetização acontece em *O guarani*:

> *Tudo nesta recâmara lhe falava dele: suas aves, [...] as penas que serviam de ornato ao aposento, as peles dos animais que seus pés rogavam, o perfume suave do benjoim que ela respirava; tudo vindo do índio que, como um poeta ou um artista parecia criar em torno dela um pequeno templo dos primores da natureza brasileira.* (Alencar, 1967c, p. 36)

Antes de o narrador alencariano usar o *close* para que o leitor adentre os aposentos de Ceci e lá encontre os objetos com os quais Peri a presenteara, o indígena é descrito com os atributos da natureza, como em "[Peri] distendeu-se com a flexibilidade da cascavel ao lançar o bote [...]" (Alencar, 1967c, p. 19). Esse procedimento, no qual as características da personagem indígena são comparadas às encontradas na natureza, será aprofundado a seguir, ao tratarmos de *Iracema*. Ao usar o recurso do *close*, o narrador é hábil em explorar, por meio do olhar de Ceci, a agradável presença que o indígena construiu de si e de seu mundo (a floresta) no quarto da filha de D. Antônio. Tal recurso consiste em um modo de fazer com que o leitor se aproxime da personagem indígena pela ternura de Ceci, estendida não somente aos presentes recebidos, mas também à pessoa que os dera. Igualmente importante é notar que, ao explorar o olhar de Ceci (civilizada) sobre Peri (não civilizado), o narrador muda os termos da comparação, visto que o indígena é comparado a um poeta ou a um artista, e não a elementos da natureza, logo, o narrador utiliza termos em consonância com o mundo "civilizado" do autor e dos leitores do romance.

Nesse sentido, a recepção do primeiro romance de José de Alencar, *Cinco minutos*, publicado com pseudônimo em folhetim (em dezembro de 1856, no *Diário do Rio de Janeiro*), é assim comentada pelo autor em *Como e porque sou romancista* (1873):

> *Escrevi Cinco minutos em meia dúzia de folhetins que iam saindo na folha [do Diário do Rio de Janeiro] dia por dia, e que foram depois tirados em avulso sem nome do autor. A prontidão com que em geral antigos e novos assinantes reclamavam seu exemplar, e a procura de algumas pessoas que insistiam por comprar a brochura, somente destinada à distribuição gratuita entre os subscritores do jornal foi a única, muda, mas real, animação que recebeu essa primeira prova.* (Alencar, 1965a, p. 115)

Designada por Alencar de "primeira prova", a publicação desse primeiro e curto romance expõe a boa acolhida que *Cinco minutos* teve entre o público assinante do jornal. Na sequência, Alencar publicou *A viuvinha* (1857) e o já mencionado *O guarani*. E, mesmo que seja complicado dimensionar a interdependência entre romance-folhetim e público leitor como fator da criação literária, é recomendável levar em conta que o público a quem era dirigido o romance-folhetim também fez parte da equação estético-ideológica da literatura romântica brasileira, tendo, portanto, influído nas escolhas feitas por José de Alencar e por outros romancistas da época. Marlyse Meyer (1996, p. 311) indica a habilidade com que Alencar consegue deixar em suspense a atenção do leitor, por causa do "senso de corte de capítulos" operado em *O guarani*. O senso de corte referido consiste em findar o capítulo no momento em que a situação está tensionada, deixando irresolvido o problema. Substitua a palavra *capítulo* por *episódio* e veja surgir a imagem das séries a que assistimos em plataformas de *streaming*, já que a maioria delas apresenta o mesmo senso de corte do romance-folhetim. Sobre os recursos constitutivos do romance-folhetim, observa Meyer (1996, p. 31):

> *A almejada adequação ao grande público, a necessidade do corte sistemático num momento que deixe a atenção em "suspense", levam não só a novas concepções de estrutura [...] como a uma simplificação na caracterização dos personagens, muito romântica na sua distribuição maniqueísta, assim como a uma série de outros cacoetes estilísticos.*

Corte de capítulos, personagens sem adensamento psicológico e presença do maniqueísmo a dividir os grupos em vilões ou mocinhos são elementos constitutivos do romance-folhetim. Esses recursos foram explorados por José de Alencar para aproximar o leitor urbano do tempo-espaço colonial criado em *O guarani*. Ao usar a convenção do romance-folhetim, Alencar opera a criação literária com base em uma estrutura com a qual o leitor já estava familiarizado. Isso significa que Peri veste as qualidades do cavaleiro medieval em *O guarani* para defender sua dama Ceci de todos os perigos, razão pela qual a aventura sobressai no enredo organizado pela ação heroica do indígena. É uma escolha estética que dialoga com os romances de cavalaria medievais, como *O romance de Tristão*, narrativa em que a dama é a senhora do cavaleiro, este obediente aos seus comandos e a sua vontade mesmo que isso signifique sacrificar a própria vida para servi-la.

1.4.2 A lenda de *Iracema*

Em *Iracema*, não somente se verifica uma inversão de papéis, pois é a mulher indígena quem protagoniza o intercurso racial com o colonizador, como também há uma diferença na forma de construção da narrativa. Recordemos o que foi registrado anteriormente: a composição de *Iracema* une poesia e prosa, inspiração e crítica e poesia e sociedade. Sob esse aspecto, *Iracema* é, simultaneamente, lenda, poesia e romance, e sua constituição híbrida o diferencia dos romances indianistas estrangeiros como *Atala* (1801), de Chateaubriand. Nesse sentido, a mistura de gêneros proposta pelo primeiro romantismo alemão consiste no eixo sobre o qual se desdobram os recursos expressivos de *Iracema*. Para a compreensão de tais recursos, note a concepção estética associada ao primitivo apresentada por José de Alencar nesta passagem da quarta carta de Ig.:

dizem que as nossas raças primitivas eram raças decaídas, que não tinham poesia nem tradições; que as línguas que falavam eram bárbaras e faltas de imagem, que os termos indígenas são mal sonantes e pouco poéticos; e concluem daqui que devemos ver a natureza do Brasil com os olhos do europeu, exprimi-la com a frase do homem civilizado [...]. (Alencar, 2007, p. XXXIX)

O autor de *Iracema* foi fiel a essa ideia, na qual a visão do homem civilizado deveria ser obscurecida a fim de que fossem criadas imagens poéticas decorrentes da língua e dos costumes indígenas. Tais imagens foram construídas pela prosa poética do romance-lenda *Iracema*, considerado obra-prima da literatura brasileira por parte da crítica literária. Na periodização literária feita em "Benção paterna", Alencar (1965a) expõe acerca de *Iracema* o traço primitivo, marcado pelas lendas referentes ao tempo em que a terra era ainda habitada pelos povos indígenas. Esmiuçemos no que consiste o *primitivo* nessa concepção, pois Alencar não está se referindo à reconstituição do período primitivo brasileiro, e sim à criação de um espaço primitivo poético capaz de abrigar o selvagem, ou seja, a personagem não civilizada.

Figura 1.2 – Iracema

Evandro Marenda

> **Importante!**
>
> Na construção do espaço primitivo, nota-se a criação de uma realidade poética que apresenta correspondência com a pureza e a inocência simbolizadas, na cultura ocidental, pelo Éden bíblico.

Atribuir caráter lendário ao romance permitiu a entrada da simbologia do paraíso bíblico, expediente que contribuiu para a invenção do primitivo que abriga a origem da nacionalidade brasileira, cujo berço é o Ceará. Seguindo essa linha, Alencar utilizou a tradição oral enraizada no folclore para construir a realidade primitiva de seu romance. Sob tais aspectos, a língua tupi também recebe a parcela de invenção, uma vez que Alencar transgrediu linguisticamente o tupi, e o fez sem romper com o sistema da língua portuguesa, procedimento chamado de *operação tradutória* por Haroldo de Campos:

> *aproxima-se [o autor de* Iracema]*, antecipadoramente, de uma ideia de tradução como "estranhamento" do idioma vernáculo [...]. Seu tupi até certo ponto "inventado" [...] resulta numa enxertia heteroglóssica sobre o português: prolifera em metáforas desencapsuladas a partir de semantemas aglutinados; desbobra-se em símiles que reproduzem, icasticamente, a pressuposta concreção do mundo primitivo.* (Campos, 1990, p. 69, grifo nosso)

O centro da operação tradutória é o símile, procedimento indicado na seção anterior na comparação que o narrador de *O guarani* faz entre a movimentação da personagem indígena e o bote da cascavel: Peri "distendeu-se com a flexibilidade da cascavel ao lançar o bote [...]" (Alencar, 1967c, p. 19). Parece ser essa uma construção simples e, de fato, o é, porque nela há complexidade na medida para criar o efeito de simplicidade por meio da comparação poética. Sobre isso, recordemos a mistura de gêneros proposta no *Fragmento 116*: "[A poesia romântica] quer e deve também misturar e fundir poesia e prosa, inspiração e crítica, poesia de arte e poesia da natureza [...]" (Schlegel, 1987, p. 55).

> ## Importante!
>
> Em *Iracema*, o símile é usado na fusão de poesia de arte (poesia do mundo letrado/civilizado) e poesia da natureza (poesia do mundo primitivo/não civilizado), unindo poesia e prosa, bem como inspiração e crítica, já que a imaginação é o elemento a ser destacado na composição do primitivo nesse romance.

Vale a pena investigar mais a fundo a construção do efeito de simplicidade, levando-se em conta a expressão primitiva da natureza e do indígena por meio do símile, procedimento recorrente em *Iracema*: "Mais rápida que a ema selvagem, a morena virgem corria o sertão e as matas do Ipu, onde campeava sua guerreira tribo, da grande nação tabajara" (Alencar, 1965b, p. 51). Na passagem de ambos os romances, personagem indígena e natureza são constituídas pela comparação direta e, nesse sentido, apresenta-se a diferença entre o símile e a metáfora, pois o símile realiza a comparação sem ambiguidade, por isso contém a metáfora encapsulada. De acordo com Manuel Cavalcanti Proença (1965, p. 282), a "comparação existe quando a semelhança entre dois objetos é expressa de modo explícito e mantida mais tempo do que permitiria a metáfora".

Nessa direção, as comparações são efetuadas por uma ação ("correr", "distender") e, também, pela especificidade do atributo natural, dado que a flexibilidade de Peri não é comparada à da cobra (termo genérico), e sim ao bote da cascavel, escolha que marca um ataque cuja precisão é mortal – qualidade do indígena em ação. Do mesmo modo, Iracema não corre rapidamente como animal veloz, mas supera a ema selvagem na velocidade com que percorre a mata.

Você notou que a generalização é evitada na construção das semelhanças apresentadas nas duas passagens que analisamos?

A expressão do símile conforme o uso de **semantemas aglutinados** (*rápida ema, Iracema*) consiste na forma de materialização do espaço primitivo que permanece por mais tempo que a metáfora, processo de criação em que o primitivo é concretizado pela imaginação reflexiva de José de Alencar, a mesma apresentada pelo gênio romântico. Nesse sentido, o pacto a ser efetuado com o leitor de *Iracema* não é o da convenção realista, porque a presença do elemento maravilhoso nessa narrativa indica sua vizinhança com a autoconsciência poética dos primórdios do romantismo alemão.

Síntese

Neste primeiro capítulo, abordamos a gama de transformações do século XIX canalizada pelo movimento romântico no que se refere às noções modernas de nação, de romance e de literatura. No contexto europeu, apresentamos características do(s) romantismo(s) que participam da expressão do romantismo brasileiro, tais como o gênero folhetim, a cor local, a mistura de gêneros e a idealização amorosa nos textos de ficção. No contexto brasileiro, apreendemos como nosso romantismo associou pátria e literatura, vínculo que deixou marcas na sociedade brasileira, entre elas a naturalização da violência praticada contra os povos negros e indígenas. Com o esclarecimento desses aspectos, estabelecemos relações entre o ideário romântico e os elementos da criação literária de José de Alencar.

Assim propiciado o contato com o Alencar folhetinista, com o Alencar dramaturgo e com o Alencar romancista, investigamos, por um lado, as características da comédia realista francesa aplicadas na elaboração do teatro nacional, em que as peças *As asas de um anjo* e *O demônio familiar* consistiram em exemplos para a produção da dramaturgia brasileira do período. Por outro lado, ao trabalharmos o indianismo de Alencar sob a perspectiva da tradição moderna da literatura brasileira, sublinhamos a implicação estética e ideológica de *O guarani* e *Iracema*, com destaque para o cunho mítico observado por Bosi (1992) e, também, para a operação tradutória que, conforme Campos (1990), alinha *Iracema* à prosa experimental de João Guimarães Rosa.

Portanto, a fortuna crítica alencariana foi articulada à compreensão das especificidades do romantismo de José de Alencar no intuito de destacar o protagonismo do escritor na reflexão sobre o fazer artístico que envolve a literatura nacional.

Atividades de autoavaliação

1. A respeito do nacionalismo literário, indique se as afirmações a seguir são verdadeiras (V) ou falsas (F).

( ) O programa romântico de construção da brasilidade associou a ideia de nação à de pátria como terra natal.

( ) Os escritores viam-se a si próprios como agentes do processo civilizatório responsáveis pela construção da identidade nacional.

( ) As trocas culturais com outras nacionalidades foram irrelevantes para o projeto romântico brasileiro.

( ) A língua brasileira é um dos pontos ressaltados na construção literária que envolveu aspectos da brasilidade.

( ) O tratamento da natureza brasileira nas obras foi consoante ao enobrecimento da pátria.

Agora, assinale a alternativa que corresponde à sequência obtida:

a. V, V, F, F, F.

b. V, F, F, V, V.

c. V, V, F, F, V.

d. F, V, V, F, V.

e. F, F, V, V, V.

2. Assinale a alternativa que identifica corretamente o elemento indígena brasileiro integrado à noção de cor local:

a. A construção da personagem indígena foi mediada pelas narrativas dos cronistas coloniais.

b. O realismo formal é o meio pelo qual o elemento indígena foi transformado em personagem de ficção.

c. A incorporação do indígena na ficção desconsiderou o eurocentrismo na construção da personagem.

d. O indígena foi apresentado no romance conforme a observação da realidade das aldeias no século XIX.

e. A composição da personagem indígena dispensou o modelo estrangeiro porque no Velho Mundo outros foram os povos originários.

3 . Sobre *Iracema*, indique se as afirmações a seguir são verdadeiras (V) ou falsas (F).

( ) É uma narrativa híbrida em que se nota a fusão dos gêneros epopeia e lenda.

( ) Apresenta linguagem experimental ao trabalhar a expressividade da língua portuguesa pela sugestão poética do tupi.

( ) A comparação é o recurso que prevalece na criação de imagens poéticas.

( ) A prosa poética é estruturada pela ambiguidade.

( ) O primitivo refigurado no romance contém o caráter lendário.

Agora, assinale a alternativa que corresponde à sequência obtida:

a. V, V, F, F, F.

b. V, F, F, V, V.

c. V, V, F, F, V.

d. F, V, V, F, V.

e. F, F, V, V, V.

4 . Assinale a alternativa que corresponde à informação correta sobre a comédia realista:

a. Há predominância de temas ligados ao sistema escravista.

b. Retrata o passado em busca das origens da nação.

c. É marcada pelo melodrama tal qual o romance-folhetim.

d. *As asas de um anjo* é cópia de *A dama das camélias*.

e. Apresenta ação natural na encenação.

5 . Indique se as afirmações a seguir são verdadeiras (V) ou falsas (F).

( ) O gênio romântico é o indivíduo em que o aspecto sentimental está colado à reflexão da imaginação poética.

( ) *O gênio do cristianismo* é uma obra do romantismo francês na qual Chateaubriand enfatiza o modelo clássico de poesia.

( ) A vertente literária conhecida como *realismo formal* é identificada na produção do(s) romantismo(s).

( ) A nação é uma abstração, assim como o são o amor e a pátria identificados na fabulação dos romances indianistas alencarianos.

( ) O amor-paixão é construído pela antítese porque é afirmado pela negação.

Agora, assinale a alternativa que corresponde à sequência obtida:

a. V, V, F, F, F.

b. V, F, F, V, V.

c. V, V, F, F, V.

d. F, V, V, F, V.

e. F, F, V, V, V.

Atividades de aprendizagem

Questões para reflexão

1. *Iracema* foi traduzido para a língua alemã em 1896 por Christa von Düring (*Iracema. Ein Sang aus den Urwäldern Brasiliens*), sendo o romance de José de Alencar apresentado em versos. Baseando-se na operação tradutória explanada por Haroldo de Campos, esclareça por que a construção de *Iracema* dificulta o trabalho de tradução.

2. Levando em conta que a nação é identificada pelo uso de determinada língua, explique como os autores do século XIX compreenderam a questão da língua portuguesa utilizada como matéria criativa aplicada à literatura brasileira.

Atividade aplicada: prática

1. Leia um ou mais folhetins de José de Alencar e perceba as possíveis relações entre a escrita do folhetinista e a linguagem trabalhada na ficção alencariana. No caso de haver semelhanças, anote-as por meio do fichamento de tópicos abordados neste capítulo.

um	O romantismo alencariano
dois	**José de Alencar e o romance histórico**
três	A década de 1870 e o regionalismo
quatro	Romance regionalista de Alencar
cinco	A crítica literária e o romance urbano alencariano
seis	Leitura(s) em *Lucíola* e em *Senhora*

❦ O ASSUNTO INICIAL deste capítulo é o romance de Walter Scott, o precursor do romance histórico. A refiguração do passado identificada pela convenção do romance histórico é trabalhada por meio dos aspectos composicionais da obra de Scott observados na teoria de György Lukács. Assim, analisar as características do modelo clássico do romance histórico tratadas por Lukács permite relacionar os procedimentos presentes em *Ivanhoé* (1819), romance de Scott em que o período medieval é ficcionalizado, com o romance histórico alencariano *As minas de prata* (1865-1866).

Ao fazermos o reconhecimento de semelhanças e diferenças entre o romance scottiano e *As minas de prata* (1865-1866), nosso intuito é revelar como a ficcionalização do período colonial é realizada no romance do escritor brasileiro. Neste capítulo, também enfocamos os romances *O garatuja* (1873) e *Guerra dos mascates* (1873-1874), cujas construções apresentam elementos distintos dos destacados em *As minas de prata*, porque ligados ao efeito cômico, motivo pelo qual a abordagem de tais elementos finaliza nossa discussão sobre o romance histórico na obra de José Alencar.

doispontoum
Romance scottiano: o modelo clássico do romance histórico

Ao discutirmos o indianismo de Alencar, constatamos a apropriação de fontes históricas pelos escritores românticos, que as utilizavam na composição de narrativas em cujos enredos o passado está incorporado às situações ficcionais. O período colonial refigurado em *O guarani* também é apresentado em *As minas de prata*. Esses romances, portanto, ficcionalizam determinado período histórico, e essa é a razão pela qual podem ser classificados como romances históricos. Publicado em folhetim em 1844, *Os três mosqueteiros*, de Alexandre Dumas (pai), é mais um romance em que o passado é ficcionalizado, pois as aventuras de Aramis, Porthos, Athos e D'Artagnan são situadas no século XVII. Sabendo disso, imagine que você se propôs a investigar a ficcionalização das figuras históricas presentes em *Os três mosqueteiros*; tal recorte o levaria a privilegiar o *corpus* teórico e crítico referente à convenção instaurada pelo romance histórico de Walter Scott.

Curiosidade

Walter Scott (1771-1823) nasceu em Edimburgo (Escócia) e faleceu em Abbotsford (Reino Unido), na propriedade construída no século XIX que, atualmente, funciona como museu e centro cultural. A casa de Abbotsford foi edificada de acordo com a arquitetura baronial escocesa, cujo estilo revive a atmosfera gótica de castelos medievais. Assim, o escritor viveu em uma residência similar aos castelos descritos em seus romances, entre os quais se destacam *Waverley* (1814), *Rob Roy* (1817) e *Ivanhoé* (1819).

É nos aspectos composicionais do romance de Walter Scott que nos deteremos nas próximas páginas, entrelaçando as características de *Ivanhoé* e a teoria de György Lukács acerca do romance scottiano. A seguir, apresentamos uma parcela da galeria de personagens de *Ivanhoé* dividida em núcleos, manobra didática cujo objetivo é propiciar clareza à medida que reconhecemos a estrutura do romance scottiano.

Quadro 2.1 – Personagens de *Ivanhoé*

Saxões	Normandos	Proscritos	Judeus
Ivanhoé, templário	Ricardo I (Ricardo Coração de Leão), rei da Inglaterra	Locksley, o fora da lei Robin Hood	Isaac e Rebecca de York, pai e filha
Lady Rowena, amada de Ivanhoé	Príncipe João, irmão do rei	Frei Tuck, do bando de Robin Hood	
Cedric, pai de Ivanhoé	Barão de Bracy		
Athelstane, de linhagem real	Front-de-Boeuf, outro barão		
Gurth, guardador de porcos	Brian de Bois-Guilbert, templário		
Wamba, bobo da corte	Prior Aymer, templário		

O plano histórico desenvolvido por Walter Scott (1963) em *Ivanhoé* corresponde ao término da Terceira Cruzada (1189-1192), abarcando a disputa entre normandos e saxões no final do reinado de Ricardo Coração de Leão, conflito decorrido da derrota dos saxões, que passaram a ser governados pelos normandos.

Nesse momento, Ivanhoé retorna à casa paterna. A Inglaterra encontra-se sob os abusos da aristocracia normanda, que conspira contra o rei legítimo para coroar o príncipe João. Liberto do cativeiro em que estivera ao lutar nas Cruzadas, Ricardo I retorna incógnito sob a identidade do Cavaleiro Negro e une-se aos saxões para combater os traidores.

A distância existente entre o tempo da escrita (século XIX) e o tempo da narrativa (século XII) é um elemento de composição do romance scottiano. Essa distância temporal entre o presente do autor e o passado refigurado no romance consiste em um procedimento que permite explorar os eventos do passado com o propósito de observar a influência por eles exercida no presente. Sob esse aspecto, o conflito entre saxões e normandos narrado em *Ivanhoé* poderia constituir uma versão plausível de como as coisas teriam ocorrido na época, influenciando a organização social da Inglaterra contemporânea de Scott. Lukács (2011) indica que tal procedimento está associado à concepção de **passado como pré-história do presente**, na qual é sublinhada a materialização das forças históricas responsáveis pela experiência da vida cotidiana do passado ficcionalizado no romance:

> *Sem uma relação experienciável com o presente, a figuração da história é impossível. Mas, na verdadeira grande arte histórica, essa relação consiste não em referências a acontecimentos contemporâneos [...] mas na revivificação do passado como pré-história do presente, na vivificação ficcional daquelas forças históricas, sociais e humanas que, no longo desenvolvimento de*

nossa vida atual, conformaram-na e tornaram-na aquilo que ela é, aquilo que nós mesmos vivemos. (Lukács, 2011, p. 73, grifo do original)

Na formulação do modelo clássico scottiano, a observação do nexo entre passado e presente demonstra que o tempo da narrativa é mantido séculos de distância do tempo da escrita do romance; na teoria lukacsiana, essa relação faz com que o narrador de *Ivanhoé* não aborde o presente (o século XIX), porque o andamento da narrativa concentra-se no modo de viver da sociedade do século XII.

Importante!

A distância de muitos séculos entre o tempo da narrativa e o tempo da escrita como elemento de composição do romance histórico é um aspecto datado da teoria de György Lukács. Na atual produção de romances que ficcionalizam o passado, há muitas narrativas que apresentam enredos que se passam, por exemplo, na transição do século XX para o século XXI sem isso significar prejuízo da compreensão do passado como pré-história do presente.

A indicação de um aspecto datado não invalida a teoria lukacsiana; ao contrário disso, ela oferece pontos relevantes a serem observados não somente no romance histórico oitocentista como também na ficção histórica contemporânea. Um deles é a inversão do protagonismo no romance scottiano, já que Lukács (2011) demonstra que as figuras do povo passam a atuar como personagens principais do romance histórico. Em vez de perpetuar a prática comum, que consistia no destaque de figuras históricas ligadas à realeza, Scott adota personagens do povo como principais no desenvolvimento do enredo. Note que, nas personagens de *Ivanhoé* listadas no Quadro 2.1, determinados nomes estão em destaque, entre eles o de **Wamba** e o de **Gurth**, o que não se aplica ao nome da personagem histórica Ricardo I, o rei da Inglaterra, justamente para frisar que são as personagens à margem da nobreza que protagonizam o desenvolvimento das situações ficcionais no romance scottiano.

Nesse sentido, as personagens do romance histórico podem ser classificadas em personagens inventadas e personagens históricas. Estas diferem daquelas por serem referenciais, ou seja, Ricardo I é uma personagem histórica porque tal monarca fez parte da realidade referencial, o que não se dá com Wamba, personagem que existe somente na realidade do romance criado por Scott. A propósito disso, pode ser elucidativa a diferenciação identificada pelas categorias *entidade imigrante* e *entidade nativa* (Parson, 1980, citado por Mignolo, 1993, p. 125-126): imigrante é o *status* da personagem que também participa da realidade referencial, motivo pelo qual essa categoria abriga personagens que já existiam antes de serem integradas ao texto de ficção; já a entidade nativa não existe na realidade referencial porque é materializada apenas na obra de arte. Assim, a entidade imigrante apresenta dois reconhecimentos simultâneos; por exemplo, Ricardo I, ao ser integrado em *Ivanhoé*, é apreendido tanto como figura histórica quanto como personagem ficcional. A distinção entre personagem histórica e personagem inventada operada pelas categorias *entidade imigrante* e *entidade nativa* abre possibilidades de investigação sobre a ficcionalização de figuras históricas incorporadas ao romance.

Outro procedimento narrativo empregado no romance histórico é a invenção de um manuscrito assumido como documento de valor histórico.

Curiosidade

A presença de um manuscrito fictício não é recurso exclusivo do romance histórico; essa estratégia já fora usada em *Dom Quixote* (1605-1615), romance de Miguel de Cervantes cujo enredo parodia o romance de cavalaria medieval.

No romance histórico, o manuscrito inventado contém informações sobre os costumes e o modo de viver do período histórico ficcionalizado. O narrador de *Ivanhoé* cita mais de uma vez o Manuscrito de Wardour como uma das fontes consultadas a respeito dos costumes da Inglaterra medieval; tal fonte é apócrifa, isto é, de autoria não comprovada e não canônica – possivelmente, o Manuscrito de Wardour consiste em uma fonte histórica inventada por Walter Scott. Dessa forma, fontes históricas legítimas, como a *Crônica anglo-saxônica* (citada em *Ivanhoé* como *Crônica saxônia*), coexistem com documentos fictícios, fazendo com que as fontes inventadas tenham o mesmo valor de documentos históricos legítimos. Esse procedimento faz do manuscrito inventado um elemento de composição que imprime veracidade histórica aos eventos narrados no romance.

> ## Importante!
>
> Não lhe parece divertida a estratégia que combina fontes autênticas e fontes inventadas com o propósito de questionar a narrativa histórica oficial? Esse é um aspecto composicional que permite ao romance histórico apresentar alguns acontecimentos para expor a possibilidade de os eventos terem ocorrido conforme a versão registrada no romance, e não da maneira como são relatados na versão oficial da história.

Um dos temas contidos em *Ivanhoé* é a diáspora dos judeus, que torna possível o encontro entre as personagens Rebecca e Ivanhoé. As Cruzadas consistem em um exemplo histórico de intolerância religiosa que resultou no extermínio, no exílio e na tortura de grupos não cristãos, e um desses grupos é a comunidade judaica da Inglaterra medieval, à qual pertencem as personagens Rebecca e Isaac. Ela se apaixona pelo cavaleiro cristão, e Ivanhoé, por sua vez, não é indiferente ao sentimento que Rebecca lhe inspira. O leitor também não fica indiferente aos encantos de Rebecca, tampouco ao amor que nasce entre o cavaleiro e a filha de Isaac, razão pela qual torce para que Rebecca seja a escolhida de Ivanhoé, em vez de Lady Rowena.

No imaginário medieval, a ideia de mal é associada aos judeus, cujo contraponto é a imagem heroica dos cavaleiros templários. Entretanto, em *Ivanhoé*, se, por um lado, Isaac apresenta vestígios do estereótipo do judeu usurário, por outro, a tipificação é relativizada por ser Rebecca a personagem mais íntegra do romance e, também, pela tortura de Isaac praticada pelos cavaleiros normandos descrita pelo narrador – tortura cujo impacto causado não é recomendável a pessoas sensíveis. Logo, a imagem heroica dos cavaleiros templários é desconstruída em *Ivanhoé*.

Curiosidade

Os romances históricos de Walter Scott inspiraram outros artistas, entre eles o pintor francês Eugène Delacroix (1798-1863), cuja tela *O rapto de Rebecca* foi inspirada em *Ivanhoé*, no sequestro da filha de Isaac, cobiçada pelo cavaleiro templário Brian de Bois-Guilbert.

FIGURA 2.1 – *O RAPTO DE REBECCA*

DELACROIX, E. O rapto de Rebecca. 1846. Óleo sobre tela: color.; 100,3 × 81,9 cm. The MET, Nova Iorque.

O romance *As minas de prata* revisita *Ivanhoé* ao também apresentar uma personagem judia cujos encantos aturdem os sentidos de Estácio, herói do romance histórico de José de Alencar, narrativa que nos transporta ao movimentado período colonial brasileiro.

doispontodois
As *minas de prata*: um roteiro de aventura

Você poderia estar cogitando a possibilidade de o autor de *Iracema* ser uma espécie de copista da ficção alheia, pois as características da obra alencariana vão sendo esclarecidas, sobretudo, por meio da aproximação da literatura de Alencar com obras de escritores europeus. No capítulo anterior, com relação ao texto teatral, formou-se o par Alexandre Dumas Filho e José de Alencar; no tocante ao romance histórico, forma-se, neste capítulo, o par Walter Scott e José de Alencar. Tendo em vista o diálogo entre a ficção de Alencar e a obra de autores europeus, vale a pena conhecer a reflexão teórica proposta pelo crítico literário Silviano Santiago (1982) a respeito da interferência da colonização na recepção de textos de sociedades que foram colonizadas, as quais dependem culturalmente dos textos do colonizador em virtude do fato de a história europeia ter-nos sido inculcada como história universal.

Anteriormente, foi mencionado que Paris se tornou centro intelectual e artístico no século XIX, razão pela qual detinha o prestígio que pode ser traduzido pela ideia de forma de civilização a guiar as demais nacionalidades. Logo, foi propositadamente que José de Alencar se voltou para a comédia realista francesa no intuito de renovar o repertório dramático brasileiro, pois seu objetivo era a constituição do teatro nacional, passo que significava alçar a cultura brasileira ao patamar da cultura dominante e prestigiada: a francesa. No contexto do Brasil oitocentista, é substancial partir de textos da cultura dominante para instaurar diferenças na criação literária, como a máscara social que se beneficia da prostituição à medida que condena quem lhe fornece os prazeres, como o fez Alencar em *As asas de um anjo*, bem como a construção de diálogos orientados pelo uso corrente do português brasileiro em *O demônio familiar*.

Nesse sentido, conforme Santiago (1982), a noção de universal implica os textos das sociedades colonizadas dependerem da cultura dominante; em face disso, a postura do artista consiste em assumir a dependência – ação que torna possível uma resposta não etnocêntrica responsável pela diferença apresentada no texto da cultura dominada. As semelhanças com o texto da cultura hegemônica indicam o suplemento local: a diferença contida no texto descolonizado. Isto é,

> *o texto descolonizado (frisemos) da cultura dominada acaba por ser o mais rico (não do ponto de vista de uma estreita economia interna da obra) por conter em si uma representação do texto dominante e uma resposta a essa representação no próprio nível da fabulação, resposta essa que passa a ser um padrão de aferição cultural da universalidade tão eficaz quanto os já conhecidos e catalogados.* (Santiago, 1982, p. 23, grifo do original)

Assim, o questionamento à hegemonia cultural é realizado no "próprio nível da fabulação". Utilizando-se esse instrumental teórico na análise literária, é possível demonstrar, por exemplo, que *As asas de um anjo* apresenta o julgamento do vício, e não a condenação da personagem cortesã, como ocorre em *A dama das camélias*, texto de Dumas Filho (1996) ao qual responde o texto dramático de Alencar. Desse modo, ao focar o suplemento local contido no texto descolonizado, a ênfase não é colocada nos recursos expressivos nele empregados, mas na diferença que traz consigo a desconstrução da ideia de hegemonia cultural.

Cientes de que a obra de José de Alencar indica a diferença quanto à apropriação de convenções literárias originadas em contextos históricos e sociais distintos da materialidade brasileira, podemos compreender mais agudamente a fabulação de *As minas de prata*. A fim de darmos curso a essa compreensão, voltaremos à manobra didática utilizada na explanação do romance scottiano, apresentando uma parcela das personagens de *As minas de prata* dividida em núcleos.

QUADRO 2.2 – PRINCIPAIS PERSONAGENS DE *AS MINAS DE PRATA*

Personagens centrais		
Estácio Correia, o herói, filho de Robério Dias		
Vaz Caminha, advogado e preceptor de Estácio		
Aristocracia	**Companhia de Jesus**	**População**
D. Francisco de Aguilar, pai de Inesita	Padre Molina, o vilão	Euquéria, governanta de Vaz Caminha
Inesita, filha de D. Francisco e apaixonada por Estácio	Padre Inácio de Louriçal	Gil, escudeiro de Estácio

(continua)

(Quadro 2.2 – conclusão)

Aristocracia	Companhia de Jesus	População
D. José, irmão de Inesita	Provincial Fernão Cardim	Joaninha, doceira apaixonada por Gil
D. Fernando de Ataíde, amigo de José apaixonado por Inesita	Padre Bernardo	João Fogaça, capitão do mato e aliado de Estácio
Cristóvão de Ávila, amigo de Estácio	Padre Manoel Soares	Eufrásia, vendedora ambulante e trambiqueira
Luísa de Paiva, mãe de Elvira	Judeus	Anselmo, delinquente e filho de Eufrásia
Elvira, amiga de Inesita e apaixonada por Cristóvão		Tiburcino, açougueiro apaixonado por Joaninha
Marina de Peña, dama desconhecida	Raquel, apaixonada por Estácio	Lucas, escravizado a serviço de Marina
D. Diogo de Menezes, governador-geral do Brasil	Samuel, pai de Raquel	Martim, atendente do taverneiro e amigo de Gil
D. Francisco de Sousa, governador-geral do Sul	Joaquim Brás (Brás Judengo), o taverneiro	Mariquinhas do Cachos, amada por João Fogaça

O plano histórico desenvolvido em *As minas de prata* recorta o ano de 1609. Por quê? 1609 foi o ano em que ocorreu a divisão do Brasil em dois governos: o do Norte e o do Sul. D. Francisco de Sousa foi então empossado governador-geral do Sul. Portugal estava sob o domínio da Espanha, cujo reinado era o de Felipe III, período em que a monarquia ibérica se empenhou em controlar o aldeamento indígena e, igualmente, o tráfico de escravizados, a fim de retirar os portugueses desse lucrativo comércio. Logo, 1609 marca o acirramento da disputa pelo controle político relacionado à administração das colônias. Nesse contexto, a luta entre o poder secular, representado pela Coroa, e o poder espiritual, representado pela Igreja, pode ser considerada uma disputa instalada no âmbito da disputa entre espanhóis e portugueses pelo controle político-administrativo das colônias.

Por esses motivos, a narrativa de *As minas de prata* se passa em Salvador, no Rio de Janeiro e, também, chega à Espanha por meio do *flashback* usado na revelação da verdadeira identidade do jesuíta Gusmão de Molina. O enredo do romance é, portanto, similar ao da disputa pelos tronos nos livros de George R. R. Martin, colocando-nos em um labirinto no qual é preciso recorrer ao auxílio de um fio, pois sem ele ficaríamos perdidos. Nosso fio consiste em uma informação presente na primeira publicação do romance: *As minas de prata* foi inicialmente considerado a continuação de *O guarani*.

Figura 2.2 – Primeira publicação de *As minas de prata*, em 1862

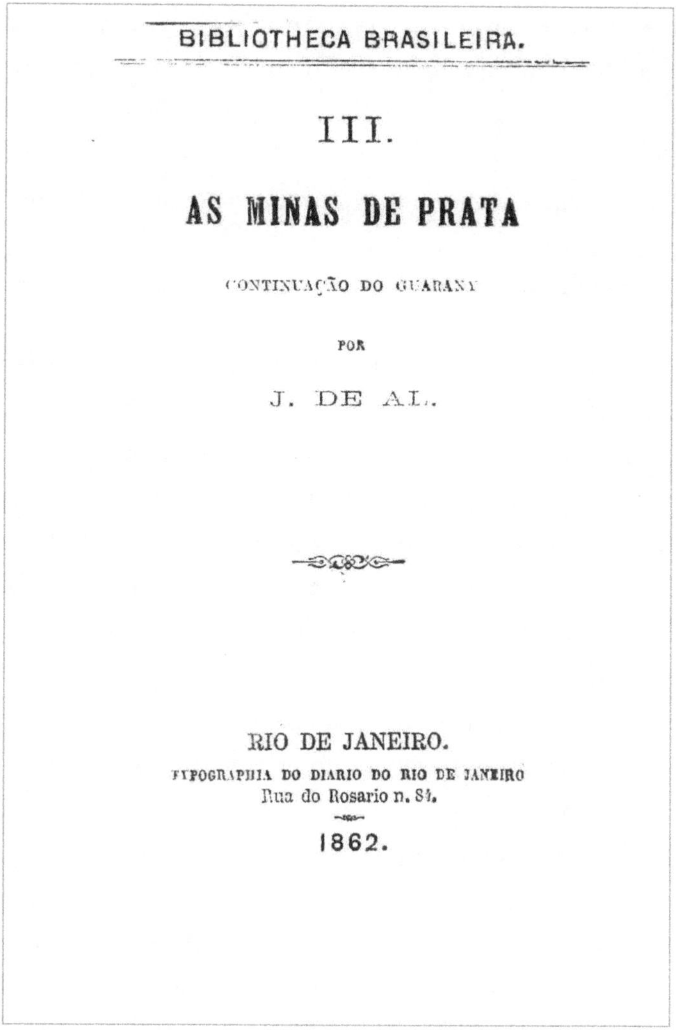

BIBLIOTHECA BRASILEIRA.

III.

AS MINAS DE PRATA

CONTINUAÇÃO DO GUARANY

POR

J. DE AL.

RIO DE JANEIRO.

TYPOGRAPHIA DO DIARIO DO RIO DE JANEIRO

Rua do Rosario n. 84.

1862.

Acervo Biblioteca Brasiliana

FONTE: Alencar, 1862.

> ## Curiosidade
>
> Dezenove capítulos de *As minas de prata* foram publicados em 1862, e tal publicação apresentou o comentário "Continuação do Guarany", como você pode averiguar na Figura 2.2, que reproduz a folha de rosto. Essa informação foi retirada na edição integral de *As minas de prata*, publicada entre 1865 e 1866.

Ora, se tal informação foi subtraída de edições posteriores, por que seria ela o fio condutor de nossa discussão? Há um excelente motivo para aproveitarmos o fato de esse romance ter sido inicialmente pensado como a continuação de *O guarani*: isso se deve ao roteiro das minas de prata de Robério Dias. Esse roteiro aparece primeiro em *O guarani* e é uma herança deixada pelo pai Robério para seu filho Estácio, herói de *As minas de prata*. Nesse sentido, o roteiro de Dias, com a localização das minas, é o articulador das ações praticadas pelas instâncias de poder – a Igreja e a Coroa – presentes no enredo de *As minas de prata*. As lendárias minas de prata da Bahia são exploradas como artigo de cobiça no romance de Alencar porque, no período colonial, expedições oficiais foram realizadas para encontrá-las, porém sem sucesso. Por esse viés, a narrativa de *As minas de prata* de Alencar explora as disputas condizentes com o interesse de três elementos, que são a Coroa Ibérica, a nobreza portuguesa e a

Companhia de Jesus, representadas no romance pelos seguintes destacamentos, respectivamente: D. Francisco de Sousa, a serviço do rei Felipe III; Estácio Correia, a serviço dos interesses portugueses representados por D. Diogo de Menezes; padre Molina, representando a Companhia de Jesus.

Sabendo dos interesses que envolviam o controle das colônias no século XVII, já podemos acompanhar as disputas entre essas três partes por meio da movimentação das personagens centrais do romance histórico de Alencar, de modo a reconhecer semelhanças e diferenças entre *As minas de prata* e o romance scottiano.

2.2.1 "Entre a cruz e a caldeirinha", diriam as personagens de *As minas de prata*

O dito popular "entre a cruz e a caldeirinha" vem a calhar para explicarmos a movimentação das personagens de *As minas de prata*, porque corresponde ao fato gerador de aflição que, ao ser superado, ao invés de paz, revela outras situações aflitivas de modo que a resolução para a angústia não existe. Portanto, sucessivas circunstâncias aflitivas formam os eventos ficcionais de *As minas de prata*. A utilização de um dito popular para explanar o traço marcante da narrativa também é uma maneira de sinalizar que expressões populares e provérbios são integrados à linguagem de *As minas de prata* e percebidos já nos títulos dos capítulos que compõem o romance.

Curiosidade

As minas de prata é atípico quando comparado aos outros romances de José de Alencar por apresentar número de páginas muito superior aos demais. A narração da disputa pelas minas de prata da Bahia ocupa aproximadamente 500 páginas. No tocante à dicção do narrador, um fator a ser considerado também é a influência nela exercida pelo romance histórico do escritor português Alexandre Herculano.

A aventura é o elemento responsável pelo ritmo frenético do enredo de *As minas de prata*. Nele são identificadas as personagens históricas D. Diogo de Menezes, D. Francisco de Sousa, Fernão Cardim e, diferente destas, o vilão padre Molina, personagem inventada. Assim como ocorre em *Ivanhoé*, as personagens históricas ligadas à realeza têm menor destaque em *As minas de prata*, pois o desenvolvimento das situações ficcionais está a cargo das personagens inventadas, sobretudo de Estácio e Vaz Caminha e do jesuíta Molina. Nesse sentido, a primeira diferença entre *Ivanhoé* e *As minas de prata* é a movimentação do herói.

Ivanhoé e Estácio são personagens construídas como cavaleiros de virtude posta à prova. A diferença entre eles consiste no fato de o aspecto heroico ser ampliado na personagem de Alencar, pois Estácio é um dos principais agentes no combate às investidas do padre Molina e de D. Francisco de Sousa, ao passo que Ivanhoé participa em menor escala dos embates por ficar acamado para recuperar-se de um ferimento. O realce heroico de Estácio é também dimensionado pela ação de outras personagens, entre as quais se destaca Vaz Caminha, o mentor do herói.

Vaz Caminha abarca o elemento heroico porque sua proeza consiste na perspicácia, na antecipação dos passos dos oponentes para que Estácio possa estar em vantagem em relação aos inimigos, que possuem recursos materiais que a condição de soldado não possibilita a Estácio. Sob esse aspecto, as habilidades de cavaleiro convivem com a pobreza monetária do herói, motivo pelo qual os aliados são fundamentais para o sucesso de Estácio; a ação conjunta de Vaz Caminha e Estácio constitui a unidade responsável pelo desenrolar do enredo. Se atentarmos à paixão que Vaz Caminha demonstra pela escrita (ou pela imortalidade concedida pela obra artística), levando em conta o ônus que dela advém, pode Vaz Caminha ser considerado *alter ego* de José de Alencar ou, ainda, a metonímia da atividade de ficcionista exercida por Alencar. Desse ponto decorre outra diferença entre o romance de Alencar e o scottiano, porque a convenção de capa e espada presente no romance histórico alencariano envolve o tema do intelectual brasileiro às voltas com o poder.

Importante!

Capa e espada é a classificação sob a qual são abrigadas narrativas de ficção cujos enredos apresentam muitas intrigas e obstáculos amorosos, bem como duelos e sucessivas reviravoltas. Um exemplo eminente desse tipo de ficção é o já mencionado romance histórico de Alexandre Dumas (pai), *Os três mosqueteiros*.

Em *As minas de prata*, a convenção de capa e espada é usada para articular as intrigas, que se ramificam em conspiração, espionagem, traição; há também reviravolta pela revelação da identidade oculta de algumas personagens, duelos travados em nome do amor e obstáculos vários a impedir a união de diferentes pares românticos. Percebe que a ação frenética não faz parte apenas de filmes e séries contemporâneos? Basta ler *As minas de prata* e *Os três mosqueteiros* para reconhecer técnicas narrativas de romances do século XIX absorvidas pelo cinema e pela televisão.

Portanto, o nexo entre passado e presente é outro ponto a diferenciar a construção do romance de Alencar daquela verificada no romance de Scott, visto que o narrador de *As minas de prata* abre espaço para questões do presente, conforme demonstra o título de um dos capítulos da primeira parte do romance: "Quanto ingrato já era no século XVII o mister de escritor" (Alencar, 1967b, p. 106). Diferentemente do romance scottiano, que dificilmente aborda assuntos da sociedade contemporânea inglesa, o narrador de *As minas de prata* apresenta o recurso irônico como modo de comparação entre o passado e o presente, a exemplo do capítulo referido, em que o desdém dos jesuítas pela crônica histórica do padre Manoel Soares alude à problemática do espaço ocupado pelo escritor na sociedade brasileira oitocentista. Já a crônica histórica escrita pelo jesuíta inventado por Alencar condiz com a presença do mesmo procedimento verificado no romance scottiano: a coexistência de fontes históricas oficiais e fontes históricas inventadas, ambas citadas pelo narrador como documentos que conferem autenticidade aos eventos narrados no romance.

As diferenças descritas não excluem as semelhanças existentes entre *As minas de prata* e o modelo clássico do romance histórico: o modelo scottiano observado por Lukács. A amplificação do heroísmo em *As minas de prata* não impediu a afinação do romance histórico de Alencar com o caráter popular do romance scottiano, uma vez que as personagens históricas prestigiadas, tais como o rei Felipe III e D. Francisco de Sousa, não são as que assumem a direção dos acontecimentos orquestrados na narrativa, os quais são conduzidos por personagens inventadas associadas ao cotidiano da população de Salvador.

Para finalizarmos nossa discussão a respeito do romance histórico alencariano, vamos analisar as características de *O garatuja* e de *Guerra dos mascates* na próxima seção.

doispontotrês
O garatuja e Guerra dos mascates: riso satírico

Os romances *O garatuja* e *Guerra dos mascates* têm em comum o acento cômico, predominante na estrutura de ambos. Neles o passado atua em prol da exposição de assuntos da época de Alencar, especialmente os do campo político; por isso, *O garatuja* e *Guerra dos mascates* apresentam um tom satírico a serviço de uma crítica ferrenha ao jogo político. Outro ponto em comum é a presença de prefácios em que o autor utiliza a ironia para, entre outros fatores, discorrer sobre os procedimentos de construção dos romances. O prefácio de *O garatuja* é intitulado "Cavaco".

> ## Curiosidade
>
> *Alfarrábios*, de José de Alencar, é uma coletânea de crônicas dos tempos coloniais que foi publicada em dois volumes, em 1873, com três narrativas. Ao primeiro volume pertence a obra que estamos analisando nesta seção, *O garatuja*. O segundo volume contém as narrativas *A alma do Lázaro* e *O ermitão da Glória*. O tratamento dado a essas narrativas, que as faz serem lidas como crônicas sobre determinado período histórico, confere *status* de historiador ao narrador do texto de ficção.

O prefácio da primeira parte de *Guerra dos mascates* tem o título de "Advertência: indispensável contra enredeiros e maldizentes". Esse romance foi escrito entre 1870 e 1874 e publicado em duas partes. A primeira foi programada para 1871, porém foi publicada em 1873; a segunda foi publicada em 1874. Em 1870, José de Alencar não conseguiu ser nomeado senador e, nesse mesmo ano, começou a assinar alguns romances como Sênio. *Guerra dos mascates* é um dos romances assinados com esse pseudônimo.

FIGURA 2.3 – FOLHA DE ROSTO DA PRIMEIRA PARTE DE GUERRA DOS MASCATES

FONTE: Alencar, 1873.

Sob tal aspecto, ao analisar o foco narrativo nos romances históricos alencarianos, Valéria De Marco (1993) observa que o ângulo de visão do narrador vai tornando-se menor, deslocando-se da amplidão heroica apresentada em *O guarani* para adotar recortes menos grandiosos em *Guerra dos mascates*; o ângulo de visão do narrador alencariano vai amiudando-se à medida que a frustração e a instabilidade política se intensificam, distanciando-o do horizonte da conciliação política experimentada no momento em que José de Alencar publicara *O guarani*.

Como já mencionado, Alencar passou a assinar também com o pseudônimo Sênio; todavia, a intenção do autor não era a de se ocultar, e sim apresentar sua nova personalidade literária descrevendo-a como velha. *Sênio* traz o sentido de escritor ultrapassado, conforme a explicação dada por Alencar em um romance publicado em 1870, *O gaúcho*: "Que significa este nome – Sênio [...]? Cada um fará a suposição que entender. Era preciso um apelido ao escritor destas páginas, que se tornou um anacronismo literário. Acudiu esse [Sênio] que vale o outro [José de Alencar] e tem de mais o sainete da novidade" (Alencar, 1970, p. 5, grifo do original). A autoironia é notada na expressão "anacronismo literário"; nesse sentido, é recomendável aproveitarmos a deixa irônica dada por Sênio a fim de entendermos como José de Alencar aciona outros recursos expressivos ao intitular a si próprio como uma velharia literária.

Tanto em *O garatuja* quanto em *Guerra dos mascates* o elemento cômico é perceptível já na escolha do episódio histórico abordado. A excomunhão de Pedro de Mustre, executada pelo padre Manuel de Souza e Almada, é assunto de *O garatuja*; tal fato ocorreu em 1659 e está registrado nos *Anais do Rio de Janeiro*, de Baltasar da Silva Lisboa. Lisboa (1835) relata a excomunhão descrevendo as partes envolvidas no caso, que aconteceu porque o tabelião Sebastião Ferreira Freire apresentara queixa contra os seminaristas do padre Almada, queixa que Pedro de Mustre não submeteu ao fórum eclesiástico, motivo pelo qual o padre Almada se enfureceu, culminando na excomunhão do ouvidor-geral Pedro de Mustre.

Percebe a mudança de perspectiva apresentada em *O garatuja*? Ao compararmos essa abordagem ao enredo de *As minas de prata*, podemos afirmar que em ambos os romances o confronto entre o poder do rei e o poder da Igreja está presente; no entanto, *O garatuja* deixa de lado a intriga envolvendo reinados para focar uma disputa de fundo de quintal entre um padre extravagante e um tabelião vaidoso. Alencar incluiu em seu romance as personagens históricas envolvidas na excomunhão, também aproveitando as três advertências dadas a Pedro de Mustre relatadas nos *Anais do Rio de Janeiro*, para construir as situações ficcionais. A diferença em relação ao registro de Lisboa consiste no fato de *O garatuja* apresentar uma personagem inventada que é a causa da briga entre o padre e o tabelião: o protagonista Ivo, que é apaixonado por Marta, filha de Sebastião. Eis como é orquestrado o cômico no enredo desse romance por meio de Ivo:

> *Os seminaristas atrapalhavam o namoro de Ivo com Marta, esta era refém das zombarias dos pupilos do padre por ser a casa do prelado vizinha da casa de Sebastião. Quando a impertinência dos seminaristas azedou o humor de Ivo, este lhes*

aplicou um doloroso trote, que os seminaristas revidaram com um ataque ao tabelião, pois pensavam ter sido Sebastião o responsável. (Silva, 2019, p. 110)

Sebastião denuncia o ataque dos seminaristas, disso resultando a narrativa de *O garatuja*, em que a excomunhão foi originada por um engano, por um equívoco que se desdobra em uma série de confusões encabeçadas por Ivo, funcionando como mote para a exposição das rixas políticas da época de Alencar. Sob esse aspecto, o narrador de *O garatuja* critica as intrigas criadas e alimentadas pela imprensa, afirmando que os jornais "são as comadres do tempo de agora" (Alencar, 1967a, p. 61). Nota-se, portanto, pela imagem satírica das comadres fofoqueiras aludida pelo narrador, a desqualificação da imprensa que promove a distorção dos fatos.

Já em *Guerra dos mascates* é aproveitado o conflito entre os comerciantes de Recife e os nobres de Olinda que ensejou o início de uma guerra em 1710, momento em que se passa a narrativa. Esse romance de Alencar apresenta o motivo pelo qual a guerra entre as duas partes foi iniciada e, nessa direção, mais uma vez o cômico é operado pela apresentação de um motivo estapafúrdio:

no plano romanesco o dito conflito é desencadeado pela ação das mulheres, ofendidas por referências a sua aparência física em trovas escritas por encomenda de um lado e de outro [...]; o atentado que vitimiza o governador [Sebastião de Castro], constante nos registros históricos, na narrativa ficcional é rebaixado a um tiro de sal. (Weinhardt, 2019, p. 334)

Na diferença entre o ataque ao governador apresentado pela narrativa histórica oficial e o tiro de sal desferido nessa personagem histórica no romance, dado a mando da recifense Dona Rufina, verifica-se o mesmo procedimento explanado na composição de *O garatuja*, isto é, atribuir ao episódio histórico o caráter rasteiro responsável por subtrair a notoriedade do evento, recurso que instala o rebaixamento do qual deriva a comicidade. O campo político também é tematizado em *Guerra dos mascates*, narrativa à qual se adiciona um ingrediente revelado pela crítica literária: "A malícia de Capistrano de Abreu viu, no poeta gago Lisardo, o nosso Machado de Assis. Sebastião de Castro Caldas é Pedro II; Rio Branco é Barbosa Lima; Simão Ribas é São Vicente; Saião Lobato é o Ajudante Negreiros [...]" (Peixoto, 1967, p. xxxiii).

> ## Importante!
>
> *Guerra dos mascates* é também um *roman à clef*: romance que apresenta indivíduos e/ou acontecimentos da realidade referencial que são incorporados à ficção com nomes diferentes. O imperador D. Pedro II, por exemplo, é descrito nesse romance na pele da personagem histórica Sebastião de Castro, governador da capitania de Pernambuco no tempo da narrativa de *Guerra dos mascates*.

Chegamos ao final do capítulo que nos transportou ao período colonial brasileiro por meio de três romances históricos alencarianos, narrativas que apresentam diferentes modos de ficcionalização do passado, seja pelo frenesi da aventura e pelo realce do heroísmo, como se verifica em *As minas de prata*, seja pelo riso satírico ensejado pelo rebaixamento da matéria histórica, conforme observado em *O garatuja* e em *Guerra dos mascates*.

Síntese

Neste segundo capítulo, abordamos procedimentos do romance histórico, compreendendo essa modalidade narrativa como o conjunto de textos em que determinado período histórico é ficcionalizado. Tendo isso em vista, a ficcionalização do passado foi observada na obra de Walter Scott, de acordo com o modelo clássico do romance histórico elaborado por György Lukács, em cuja teoria foram destacados os seguintes pontos acerca da composição do romance scottiano: distância entre o tempo da escrita e o tempo da narrativa a conceber o passado como pré-história do presente; interação entre personagens inventadas (entidades nativas) e personagens históricas (entidades imigrantes); e protagonismo de personagens à margem da nobreza.

Sob tais aspectos, reconhecemos elementos composicionais de *Ivanhoé* na construção de *As minas de prata*, o romance de maior fôlego escrito por José de Alencar, de modo a revelarmos semelhanças e diferenças apresentadas pela fabulação de *As minas de prata* em relação ao modelo scottiano. Por esse motivo, sublinhamos, por um lado, a amplificação do heroísmo no romance de Alencar, enfatizando o enredo de aventura na refiguração do período colonial brasileiro, fator que envolve a convenção do romance de capa e espada, em que abundam as intrigas, os obstáculos amorosos e as reviravoltas. Por outro lado, chamamos a atenção para a presença de assuntos contemporâneos, porque a ficcionalização do passado em *As minas de prata* também enfoca a profissão de escritor relacionando-a com a organização social brasileira.

Por fim, sinalizamos a diferença entre o registro histórico e a apropriação do episódio histórico pela narrativa ficcional, no intuito de assinalar a construção da comicidade em *O garatuja* e em *Guerra dos mascates*. Ambos os romances, escritos no momento em que José de Alencar passa a assinar também como Sênio, permitem perceber o manejo da ironia no tratamento de assuntos referentes ao jogo político de sua época. Nesse sentido, nos dois romances históricos interessa mais a sátira endereçada aos desafetos que, propriamente, a refiguração do passado. A marca satírica ilustra a qualidade literária – cômica – de ambos, componente que também expõe outras vias de acesso ao passado.

Atividades de autoavaliação

1. Assinale a alternativa que define corretamente a categoria *entidade imigrante* ou a categoria *entidade nativa*:

a. Estácio e Ivanhoé são entidades nativas porque ambos são heróis na realidade ficcional.

b. Gurt e Wamba são entidades imigrantes porque figuram como personagens centrais no romance histórico.

c. Vaz Caminha é uma entidade imigrante por ser o *alter ego* de José de Alencar na realidade do romance.

d. Pedro Mustre e Fernão Cardim são entidades imigrantes porque habitam as realidades empírica e ficcional ao mesmo tempo.

e. Raquel e o jesuíta Gusmão de Molina são entidades nativas porque são personagens históricas que habitam a realidade do romance.

2 . A respeito do romance scottiano, indique se as afirmações a seguir são verdadeiras (V) ou falsas (F).

( ) Apresentar um porqueiro como personagem principal é uma inovação do romance histórico de Walter Scott.

( ) O manuscrito inventado é um procedimento narrativo utilizado na ficcionalização do passado a fim de corroborar o modo de vida de uma época.

( ) A refiguração do passado pode ser realizada por meio da distância ou da proximidade entre o tempo da escrita e o tempo da narrativa.

( ) A personagem Ivanhoé é apresentada como herói, assim como o são as demais personagens que participaram das Cruzadas.

( ) O passado como pré-história do presente é um dispositivo da ficcionalidade cujo nexo entre presente e passado materializa a experiência de vida histórica em determinado período.

Agora, assinale a alternativa que corresponde à sequência obtida:

a. V, V, F, F, F.

b. V, F, F, V, V.

c. V, V, F, F, V.

d. F, V, V, F, V.

e. F, F, V, V, V.

3. Assinale a alternativa que identifica corretamente a proposição teórica de Silviano Santiago:

a. O texto descolonizado apresenta a diferença pela qual a forma universal é internalizada como resposta à hegemonia da cultura dominante.

b. A desconstrução da hegemonia cultural europeia ocorre pela economia interna da obra apresentada pelo texto da cultura dependente.

c. A dependência da cultura colonizada é subtraída pela diferença instaurada no texto descolonizado.

d. A forma universal é tratada no texto descolonizado por meio da imitação do modelo da cultura dominante.

e. A resposta à dependência cultural inculcada pelo etnocentrismo europeu é a desconsideração da forma universal pelo texto descolonizado.

4. A respeito da fabulação de *As minas de prata*, indique se as afirmações a seguir são verdadeiras (V) ou falsas (F).

(   ) Uma diferença em relação ao romance scottiano é presença da convenção de capa e espada a amplificar o heroísmo do protagonista.

(   ) As personagens históricas ocupam maior espaço nas situações narrativas que as personagens inventadas.

(   ) O nexo entre presente e passado dispensa a abordagem de assuntos contemporâneos ao autor.

( ) Contido no plano histórico do domínio espanhol sobre Portugal, a disputa entre a Coroa e a Igreja é o tema predominante no romance.

( ) A presença de uma personagem inventada que escreve um documento histórico fictício é um recurso que desconstrói a narrativa registrada em documentos oficiais.

Agora, assinale a alternativa que corresponde à sequência obtida:

a. V, V, F, F, F.

b. V, F, F, V, V.

c. V, V, F, F, V.

d. F, V, V, F, V.

e. F, F, V, V, V.

5. Assinale a alternativa que identifica corretamente a presença da comicidade tanto em *O garatuja* quanto em *Guerra dos mascates*:

a. A reconstrução de um período histórico em que predomina a conciliação política.

b. A presença de pares amorosos que enfrentam obstáculos constantes.

c. Coexistência de fontes históricas fictícias e documentos históricos autênticos.

d. Construção de uma personagem central a orquestrar os acontecimentos históricos.

e. Apropriação do registro histórico para marcar a diminuição do aspecto monumental.

Atividades de aprendizagem

Questões para reflexão

1. Reflita a respeito de como a teoria lukacsiana poderia auxiliar na investigação da ficcionalização de personagens históricas realizada em *As minas de prata*. Com base no instrumental teórico do modelo clássico do romance histórico, enumere aspectos a serem observados nessa investigação.

2. Explique o papel do procedimento narrativo que consiste em utilizar manuscritos fictícios na fabulação do romance histórico.

Atividade aplicada: prática

1. Realize o fichamento das diferenças e das semelhanças entre *As minas de prata* e o romance scottiano apontadas ao longo do capítulo.

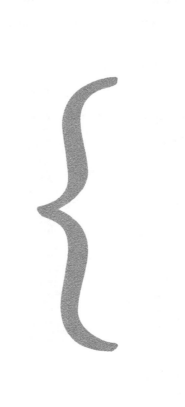

um	O romantismo alencariano
dois	José de Alencar e o romance histórico
três	**A década de 1870 e o regionalismo**
quatro	Romance regionalista de Alencar
cinco	A crítica literária e o romance urbano alencariano
seis	Leitura(s) em *Lucíola* e em *Senhora*

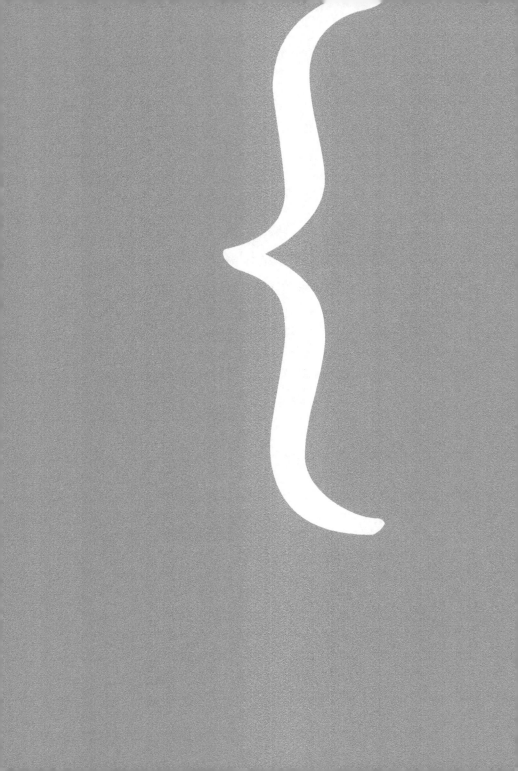

⁣NA DÉCADA DE 1870, foram publicados os romances *A filha do fazendeiro* (1872), de Bernardo Guimarães, *Inocência* (1872), de Visconde de Taunay, *O sertanejo* (1875), de José de Alencar, e *O Cabeleira* (1876), de Franklin Távora. O enredo de cada um deles privilegia o modo de viver do interior do Brasil, e esse denominador comum consiste na discussão apresentada neste capítulo, especialmente no tocante ao tratamento ficcional do espaço, em que se nota a inclusão de costumes e hábitos de áreas rurais.

Os tópicos relacionados aos romances de Taunay, de Távora e de Alencar focam o sertanismo e o regionalismo na literatura brasileira. A figuração do espaço sertanejo e a apresentação de personagens do meio rural por um narrador proveniente do meio urbano são o eixo sobre o qual são desdobradas as vozes da crítica literária do século XX a respeito da produção regionalista. Nesse sentido, *Inocência* e *O Cabeleira* são analisados com o intuito de também pontuar as diferenças entre eles e a diferença de ambos em relação ao romance *O sertanejo*, de José de Alencar.

trêspontoum
Sertanismo e regionalismo: romances diversos

Lembra-se da noção de cor local abordada no primeiro capítulo, momento em que discutimos o indianismo de Alencar? Vamos reavivar nossa memória: o conceito de cor local consiste no registro literário de características socioculturais de um povo emanadas do ambiente. Também foi mencionada a influência da obra de François-René de Chateaubriand na cor local operada pelo romantismo brasileiro; logo, a natureza foi poeticamente associada ao poder criador divino, ocupando significativo espaço na criação literária. Esse foi o contexto da independência política recentemente instaurada, cuja ênfase nativista foi responsável pela afirmação da nacionalidade, em que importava esclarecer aquilo que devia ser considerado brasileiro em oposição ao português, razão pela qual o elemento indígena consistiu no alicerce ideológico e estético nessa fase da produção romântica.

Passado esse período de afirmação, que também foi o de difusão do romantismo no Brasil, o protagonismo do elemento indígena deu lugar à frequentação de lugares interioranos. Nos romances de José de Alencar, Bernardo Guimarães, Visconde de Taunay e Franklin Távora, a caracterização da brasilidade passou a privilegiar lugares nos quais a cultura estrangeira não penetrara. *Inocência* é o romance de Visconde de Taunay publicado em 1872 que elege o interior mato-grossense como espaço da narrativa; lançado nesse mesmo ano, o romance de Bernardo

Guimarães intitulado *A filha do fazendeiro* é ambientado no interior de Minas Gerais. Nessa outra fase da produção literária, a natureza brasileira continua a ter destaque, e a ela aderem figuras humanas do interior do Brasil, ou seja, a população do interior do país torna-se matéria da construção ficcional. Nesse sentido, é necessário frisar que, de um lado, o sertão é apresentado de modo objetivo em *Inocência* e, de outro, Franklin Távora distingue a Região Norte da Região Sul no prefácio do romance *O Cabeleira*, publicado em 1876.

No prefácio de *O Cabeleira*, o argumento usado por Franklin Távora (1977) na diferenciação entre a literatura do Norte e a literatura do Sul consiste na defesa da ideia de o Norte ainda não ter sido modificado pelos hábitos estrangeiros, diferentemente do que ocorria em áreas cafeeiras do Sul, onde a imigração se intensificava. Em "Benção paterna", prefácio de *Sonhos d'ouro* (1872), José de Alencar (1965a) indica o fluxo das imigrações como fator a ser computado na organização social brasileira, em que se observava a fusão de traços de culturas como a francesa e a portuguesa principalmente, também contando com a imigração italiana, a inglesa, a espanhola etc. Nessa direção, Távora (1977), seguindo o raciocínio que reconhece a peculiaridade do Norte, enfatizou que essa região abrigava costumes e tradições genuinamente brasileiros, motivo pelo qual o Norte deveria ser compreendido como área de concentração dos elementos responsáveis pela constituição da literatura brasileira.

Como você já sabe, a cor local contém características socioculturais, aspecto também presente na reivindicação de Távora, porém com outro apelo, pois, no prefácio de *O Cabeleira*, a preservação de elementos autenticamente brasileiros requer a inclusão cultural e política da Região Norte. Segundo Antonio Candido (2012), a distinção estabelecida por Távora foi relevante porque significou a ruptura com a base do projeto romântico, a qual construiu a ideia de unidade do território nacional em detrimento da diversidade nele contida. Por esse motivo, Joaquim Maurício Gomes de Almeida (1981) entende a argumentação de Távora como o gesto que inaugura o regionalismo na literatura brasileira, considerando o prefácio de *O Cabeleira* o primeiro manifesto regionalista.

O Cabeleira conta sobre a personagem histórica que aterrorizou a Região Norte no século XVIII, José Gomes, conhecido como Cabeleira. A narrativa se passa em Pernambuco e arrabaldes, espaço do qual faz parte o sertão, onde se escondem o protagonista e os demais membros do bando. O narrador de *O Cabeleira* registra, no primeiro capítulo, uma trova do cancioneiro sertanejo sobre a fama de valente de José Gomes Cabeleira:

Fecha a porta, gente,

Cabeleira aí vem,

Matando mulheres,

Meninos também. (Távora, 1977, p. 13)

Ao indicar o prefácio de Franklin Távora como primeiro manifesto regionalista, Almeida o qualifica como precursor da vertente literária reconhecida somente no século XX, sobretudo

pelo fato de Távora ter exposto a ilusão de unidade sustentada pelo projeto romântico, no intuito de chamar a atenção
para o descaso político e os problemas enfrentados pelo Norte,
que, no século XIX, também incluía o Nordeste. Dito de outra
maneira, o regionalismo entendido como conceito literário referente a uma vertente criativa da literatura brasileira é um acontecimento do século XX, e não uma ação pontual de Távora no
prefácio citado.

> ## Importante!
>
> O conceito de regionalismo foi estabelecido pela crítica lite-
> rária do século XX, cujo trabalho analisa a prosa de ficção
> caracterizada pela presença do Brasil interiorano, no qual pre-
> domina o espaço rural, inclusive o espaço do sertão. Superado
> o nativismo ligado ao evento da Independência, os escritores
> entenderam que, nas localidades do interior, os costumes e
> as tradições brasileiras não haviam sido afetados pela cultura
> estrangeira. Portanto, levando-se em conta a atenção voltada
> para o interior do país e manifestada em romances diversos
> da segunda metade do século XIX, a noção de regionalismo
> compreende narrativas ficcionais nas quais as características
> socioculturais retratadas tornam possível distinguir uma re-
> gião de outra no espaço geográfico brasileiro.

Nas noções de cor local e de regionalismo, os costumes e hábitos relacionados ao ambiente são traços presentes, e a diferenciação entre ambos os conceitos é verificada nas fases da produção literária. Almeida (1981, p. 47) observa que "a arte regionalista *stricto sensu* seria aquela que buscaria enfatizar os elementos diferenciais que caracterizariam uma região em oposição às demais ou à totalidade nacional". Sob esse aspecto, desde a segunda metade do século XIX, a expressão da brasilidade nos romances passou a incorporar elementos pertencentes ao interior do país – movimento que instaurou alguns impasses na criação literária, nos quais nos deteremos adiante. Por ora, tenhamos em vista que o regionalismo não se restringe à produção do século XIX, já que parte da crítica literária se ocupou em pesquisar o caráter regionalista da obra de Guimarães Rosa cuja geografia literária recorta o interior de Minas Gerais, em especial o espaço do sertão.

E o sertanismo trata de quê?

Ao pesquisar os sentidos atribuídos ao termo *sertão* no século XIX, Eduardo Vieira Martins (1997) identifica tanto no trabalho de viajantes naturalistas quanto no de dicionaristas a imprecisão referente a limites territoriais, de modo que *sertão* é um vocábulo a abrigar diversos locais, tais como Minas Gerais, Mato Grosso, Goiás, Bahia e Paraná. Diante da indefinição territorial que delimitaria o espaço do sertão, o denominador comum encontrado nos relatos de viajantes naturalistas e nos verbetes de dicionário, de acordo com Martins, mostra o sertão descrito pela distância que apresenta do mar, definido em oposição a este e, também, por ser um espaço praticamente despovoado: "Os sertões eram os desertos, os vazios, as regiões do interior afastadas das concentrações humanas, as áreas onde a natureza inculta ainda não havia sido dominada e transformada por vilas e cidades" (Martins, 1997, p. 13). Nas palavras de Almeida (1981, p. 47), *sertão* "designa, de um modo geral em todo o Brasil, as regiões interioranas, de população relativamente rarefeita, onde vigoram costumes e padrões culturais ainda rústicos". Portanto, o sertão é um espaço ligado à expressão cultural brasileira desde o romantismo, estando também presente nos relatos de viagem de naturalistas como Saint-Hilaire.

> ## Curiosidade
>
> Auguste de Saint-Hilaire (1779-1853) foi um botânico francês que viajou pelo Brasil conhecendo e catalogando espécies da flora brasileira, trabalho que resultou na obra *Voyages dans l'intérieur du Brésil* (*Viagens pelo interior do Brasil*), publicada em oito volumes na França entre 1830 e 1851. Em termos atuais, Saint-Hilaire foi um mochileiro-cientista da primeira metade do século XIX que já mirava a sustentabilidade ao associar os conhecimentos nativo e científico. Minas Gerais foi a região à qual mais se deteve esse viajante naturalista.

Figura 3.1 – Mapa com o itinerário das viagens de Saint-Hilaire pelo Brasil

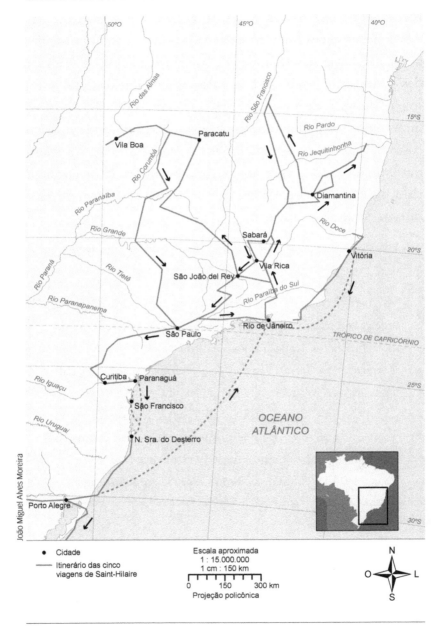

Vejamos quais aspectos são considerados por Visconde de Taunay ao nomear de *sertão* o interior de Mato Grosso, onde se desenrola a narrativa de *Inocência*.

trêspontodois
Inocência: equilíbrio narrativo

Chama a atenção em *Inocência* o uso da cena na estruturação do romance. Conforme Norman Friedman (2002, p. 172), a cena ocorre quando "detalhes específicos, contínuos e sucessivos de tempo, espaço, ação, personagem e diálogo começam a aparecer". A cena ressaltada como elemento de composição não exclui, em *Inocência*, a presença do sumário, que consiste na "apresentação ou relato generalizado de uma série de eventos cobrindo alguma extensão de tempo e uma variedade de locais" (Friedman, 2002, p. 172). Sumário e cena são trabalhados de modo equilibrado na narrativa de *Inocência*, motivo pelo qual a fabulação apresenta diferentes pontos de vista, notados, sobretudo, pelo discurso direto das personagens. Sob esse aspecto, a voz narrativa em terceira pessoa do romance de Taunay não se sobrepõe à voz das personagens, e essa é uma característica que diferencia o narrador de *Inocência* do narrador de *O sertanejo*, pois o narrador de Alencar é a voz a sobressair na narrativa.

O enredo de *Inocência* consiste no desenrolar do amor trágico entre Cirino e Inocência. Ela, moça sertaneja; ele, rapaz errático a vaguear pelo Brasil fingindo ser médico. Se você porventura estiver censurando Cirino porque a personagem finge ser o que não é, saiba que graças a esse fingimento pôde ele conhecer a sertaneja, tendo em vista os costumes abordados no romance de Taunay, entre eles o da clausura feminina:

> — *Aqui, no sertão do Brasil, há o mau costume de esconder as mulheres. Viajante não sabe de todo se são bonitas, se feias, e nada pode contar nos livros para o conhecimento dos que leem. Mas, palavra de honra, Sr. Pereira, se todas se parecem com esta sua filha, é coisa muito e muito digna de ser vista e escrita! Eu...* (Taunay, 1991, p. 56)

Essa fala é da personagem Meyer, viajante naturalista alemão em busca de espécies de inseto ainda não conhecidas; por isso, está hospedado na casa de João Pereira, pai de Inocência. Nesse fragmento, o narrador desloca o foco narrativo para o discurso direto da personagem cientista, e esse deslocamento exemplifica como diferentes pontos de vista são acionados na narrativa. Deduz-se pela fala de Meyer que era proibido à mulher sertaneja mostrar-se a homens que não os da família (incluídos os de confiança do patriarca mesmo que não fossem parentes), estando restrita, portanto, aos familiares e ao pretendente escolhido pelo pai. Ser médico de araque valeu a Cirino a entrada no quarto de Inocência, para curá-la de uma enfermidade que a enfraquecia, circunstância em que ambos se conheceram. A clausura da mulher sertaneja embasa o caráter trágico do romance de Taunay, pois o eixo do conflito, em *Inocência*, traz como intertextualidade a tragédia de William Shakespeare, *Romeu e Julieta*, visto que o amor entre Cirino e Inocência apresenta desfecho similar ao dos amantes cujas famílias eram rivais. A intertextualidade estabelecida com a peça de Shakespeare é explicitada pelas epígrafes dos capítulos "Idílio" (XVIII) e "A última entrevista" (XXIII). Tais epígrafes apresentam trechos de *Romeu e Julieta*; a do capítulo XVIII, por exemplo, cita a cena da sacada em que Julieta aparece para conversar com Romeu e, por sua vez, no romance, Inocência abre a janela de seu quarto para conversar com Cirino sobre o amor que sentem um pelo outro.

O decênio de 1870 promoveu mudanças, no sentido de a convenção romântica passar a conviver com a objetividade característica da escola realista e da naturalista. *Inocência* apresenta aspectos da convenção romântica e da realista, porque no enredo de base romântica, cujo desenvolvimento está associado ao amor idealizado, também está presente a objetividade com que é feita a descrição da paisagem e dos costumes sertanejos:

> *rareiam, porém, depois as casas, mais e mais, e caminham-se largas horas, dias inteiros sem se ver morada nem gente até o retiro de João Pereira, guarda avançada daquelas solidões, [...]*
>
> *Ali começa o sertão chamado* bruto.
>
> *Pousos sucedem a pousos, e nenhum teto habitado ou em ruínas, nenhuma palhoça ou tapera dá abrigo ao caminhante contra a frialdade das noites, contra o temporal que ameaça, ou a chuva que está caindo. Por toda a parte, a calma da campina não arroteada; por toda a parte, a vegetação virgem, como quando aí surgiu pela vez primeira.* (Taunay, 1991, p. 9, grifo do original)

O narrador descreve a paisagem objetivamente porque a ela não é associado nenhum aspecto subjetivo, não há sentimento ou sensação atribuídos pelo narrador que desfigurem a objetividade. Desse modo, no texto, "solidões" e "bruto" são termos que reforçam a objetividade, pois o sentido que carregam caracteriza um lugar despovoado, isto é, o espaço deserto identificado nos relatos de viajantes naturalistas como Saint-Hilaire. A passagem anterior consiste nos parágrafos iniciais do romance, pertencente ao capítulo "O sertão e o sertanejo", em que o narrador apresenta o espaço para, em seguida, introduzir a figura humana que representa o espaço.

Ao comparar *O sertanejo* e *Inocência*, uma importante diferença é assinalada entre ambos os romances por Almeida (1981): o fato de a imaginação atuar como elemento transfigurador da paisagem no romance de Alencar, conferindo à natureza o caráter épico. Logo, o meio natural é apresentado de modo grandioso, heroico. Por esse motivo, difere *O sertanejo* do romance de Taunay, pois em *Inocência* prevalece o caráter documental na apresentação da paisagem e do modo de viver sertanejos. Almeida (1981, p. 88) também observa que "*Inocência* é um romance de construção dramática, em que se combinam elementos líricos e cômicos, mas nunca épicos". A construção dramática é verificada no uso da cena como recurso expressivo que destaca o diálogo das personagens na estruturação do romance, e tal construção dá vazão à mescla de cômico e lírico na narração da tragédia de amor que envolve o moço da cidade e a moça do sertão.

Nesse sentido, a caracterização do naturalista Meyer e de seu ajudante José Pinho (contratado como auxiliar na viagem do alemão pelo interior do Brasil) dialoga com a comédia nova greco-latina, cujos ícones são os comediógrafos Menandro e Plauto, autores de textos teatrais em que se convencionou exagerar determinada característica da personagem a fim de gerar o efeito cômico.

> ## Curiosidade
>
> José Pinho representa o escravo atarefado (*servus currens*), tipo da comédia nova greco-latina caracterizado por ser enrolado na execução de tarefas simples, preguiçoso, falastrão e alguém que sempre atribui a sua figura uma importância que não corresponde à realidade. Em José Pinho sobressai a tagarelice; essa personagem-tipo cujo traço cômico acentuado é falar demais também frequenta a dramaturgia de Ariano Suassuna.

trêspontotrês

O outro: a personagem do meio rural

Voltando ao capítulo inicial de *Inocência*, intitulado "O sertão e o sertanejo", devemos destacar que determinadas características são notadas na figura do sertanejo apresentada pelo narrador:

É-lhe indiferente o urro da onça. Só por demais repara nas muitas pegadas, que em todos os sentidos ficam marcadas na areia da estrada.

— Que bichão! murmura ele contemplando um rasto mais fortemente impresso no solo; com um bom onceiro não se me dava de acuar este diabo e meter-lhe uma chumbada no focinho. (Taunay, 1991, p. 14)

O sertanejo é caracterizado como alguém corajoso, é o desbravador de áreas virgens, orgulhoso das próprias ações e da palavra empenhada. O sertanejo absorve as qualidades da terra e, nesse sentido, a relação entre o homem e o ambiente é construída com o propósito de realçar a qualidade rústica do espaço (o sertão) e do sujeito (o sertanejo). Afinal, alguém disposto a enfrentar uma onça, mesmo que com a ajuda de um cão (onceiro) e de uma arma, é alguém habituado a situações muito diferentes das experimentadas no meio urbano, concorda?

Sob tal aspecto, outro elemento presente na fabulação de *Inocência* é a **tensão entre o meio urbano e o meio rural**, pois o sertão é o espaço oposto ao litoral, e disso decorre o fato de o sertanejo ser definido pelos costumes rústicos, distintos dos hábitos civilizados da cidade – Cirino precisa de um relógio para saber as horas, ao passo que Pereira sabe o horário ao ler a posição das estrelas no céu. Isso implica o contraste verificado, de um lado, na caracterização do sertanejo Manecão, noivo de Inocência, e, de outro, na de personagens oriundos do meio urbano, como é o caso de Cirino. Manecão é apresentado como valentão: "Deus nos livre que o Manecão o ouvisse... Desancava-o logo, se não o cosesse a facadas..." (Taunay, 1991, p. 57). Essa fala é de Pereira, referindo-se ao fato de Meyer ter elogiado tão francamente a beleza de Inocência, atitude que faz Pereira desconfiar de que o naturalista alemão pretende aproveitar-se de sua filha, razão pela qual o pai evoca o noivo Manecão a fim de sublinhar que o sertanejo seria capaz de esfaquear Meyer para defender a própria honra. Nesta outra passagem do romance, Pereira assim descreve Manecão:

> *Pois* isso *é um homem às direitas, desempenado e* trabucador *como ele só... fura estes sertões todos e vem tangendo pontes de gado que metem pasmo. Também dizem que tem* bichado *muito e ajuntado cobre grosso, o que é possível, porque não é gastador nem dado a mulheres.* (Taunay, 1991, p. 30, grifo do original)

Manecão representa a figura humana descrita no capítulo "O sertão e o sertanejo", ou seja, é o homem destemido a embrenhar-se sertão adentro, valendo-se da própria força e engenhosidade. Tal traço é também assinalado na personagem histórica José Gomes ficcionalizada em *O Cabeleira*. Em ambas as personagens se nota a valentia do sujeito associada à rusticidade do espaço sertanejo.

O Cabeleira é um romance que funciona como contraponto de *Inocência* por apresentar um desequilíbrio composicional, pois o andamento das situações ficcionais é prejudicado pelas digressões do narrador de Távora, que ocupam muitas páginas para enumerar personagens históricas ligadas à governança da Região Norte, as quais, no entanto, não participam do plano romanesco. Mesmo sendo um romance esteticamente mal realizado, *O Cabeleira* não deixa de conter passagens que fomentam a excitação em face da ação do bando que pode ser identificado como o precursor do cangaço, fenômeno sertanejo que ganha amplitude filosófica e social na expressão estética dos jagunços da obra de Guimarães Rosa. A destreza e o destemor apresentados pela personagem jagunço da literatura de Rosa já eram traços presentes no valentão do romance de Távora, porque os atributos do espaço foram conferidos ao sujeito: "O Cabeleira entretanto atravessava matos, riachos e tabuleiros por novos caminhos que, infatigável e ousado, ia abrindo [...]" (Távora, 1977, p. 98). Na prosa de ficção oitocentista, o tipo humano destacado pela valentia é uma constante no espaço rural; além dos já mencionados Manecão e Cabeleira, outras personagens compõem a galeria da valentia, entre elas Gonçalo em *O ermitão de Muquém* (1869), de Bernardo Guimarães; João Fera em *Til* (1871) e Arnaldo Louredo em *O sertanejo* (1875), ambos de José de Alencar.

> ## Importante!
>
> O processo civilizatório mediou a construção da dicotomia campo/cidade contida no ideário romântico. Ao campo associam-se, em geral, inocência e tranquilidade, qualidades não encontradas na cidade por causa da modernização em curso no século XIX, à qual fizemos referência no primeiro capítulo. No caso do Brasil, tal dicotomia desdobra-se em sertão/litoral, e é atribuído ao espaço sertanejo (rural) o estigma de atraso, ao passo que o espaço litorâneo (urbano) encerra a prerrogativa letrada. Isto é, no século XIX, o interior do país é visto tanto como berço da cultura brasileira quanto como espaço da barbárie.

Os sertões (1902), de Euclides da Cunha, apresenta como matéria narrativa a Guerra de Canudos (1896-1897), travada entre as tropas governamentais e os moradores do arraial de Belo Monte, no interior baiano. Belo Monte consistiu em uma comunidade autossuficiente formada por sertanejos sob a liderança espiritual de Antônio Conselheiro. Euclides da Cunha integrou a quarta expedição do governo, tendo a oportunidade de acompanhar o último cerco feito contra os sertanistas. Com base nessa experiência, ele publicou Os sertões, composto de três partes: "A terra", "O homem" e "A luta". Nessa obra, assim é definido o sertanejo: "O sertanejo é, antes de tudo, um forte" (Cunha, 2009, p. 146). A descrição do sertanejo em Os sertões é similar à caracterização da personagem sertaneja nos romances já citados, pois neles se identifica a simbiose entre o homem e a terra, ou seja, o sertão é a fonte de resistência e fortaleza do sertanejo. Vale destacar a semelhança existente entre um trecho de *Os sertões* e uma passagem de *O sertanejo*:

> *Colado ao dorso deste, confundindo-se com ele, graças à pressão dos jarretes firmes, realiza a criação bizarra de um centauro bronco: emergindo inopinadamente nas clareiras; mergulhando nas macegas altas; saltando valos e ipueiras; vingando cômoros alçados; rompendo, célere, pelos espinheirais mordentes; precipitando-se, a toda brida, no largo dos tabuleiros... (Cunha, 2009, p. 148)*

> *O vaqueiro cearense, porém, corre pelas brenhas sombrias, que formam um inextrincável labirinto de troncos e ramos torcidos por mil atilhos de cipós, mais fortes do que uma corda de cânhamo, e crivados de espinhos. Ele não vê o solo que tem debaixo dos pés, e que a todo momento pode afundar-se em um tremedal ou eriçar-se em um abrolho.*

> *Falta-lhe o espaço para mover-se. Às vezes o intervalo entre dois troncos, ou a aberta dos galhos, é tão estreita que não podem passar, nem o seu cavalo, nem ele, separados, quanto mais juntos. Mas é preciso que passem, e sem demora. Passam; mas para encontrar adiante outro obstáculo e vencê-lo.*

> *[...] Esses dois [...] assim intimamente ligados no mesmo intuito, formando como o centauro antigo um só monstro de duas cabeças [...]. (Alencar, 1967d, p. 279-280)*

Em ambas as obras, a imagem do sertanejo como centauro a se locomover agilmente em sua montaria demonstra a intrepidez do homem decorrente da simbiose entre o indivíduo e a terra. Essa simbiose pode ser considerada uma espécie de matriz do sertanismo literário, de modo que nosso percurso partiu do romantismo orientado pela cor local e, nessa direção, o sertanismo/regionalismo apresentado pela prosa de ficção consiste em uma vertente da literatura brasileira que demandou dos escritores daquela época a reflexão sobre como expressar a paisagem, a figura humana e o modo de viver do interior do país para os leitores da cidade.

Nesse sentido, nota-se nos romances oitocentistas que elegem o sertão como espaço da narrativa, tais como os anteriormente mencionados, o entrelaçamento entre civilização/barbárie e urbano/rural, em que o elemento civilizado é o urbano e o elemento rural é o bárbaro. O ficcionista concebe o espaço rural conforme os parâmetros do meio urbano, entendido como lume da civilização. Esse modo de olhar para o espaço rural expõe um preconceito que envolve, de um lado, o narrador urbano culto e, de outro, personagens rurais iletradas. Sob tal aspecto, o estereótipo presente na construção de personagens sertanejas pode ser mais ou menos acentuado na produção literária da segunda metade do século XIX. A intensificação do estereótipo é sinalizada por Candido (1965) no período de 1900 a 1930, na produção do conto sertanejo, que apresenta, entre outras, as narrativas de Valdomiro Silveira e Coelho Neto, nas quais a presença do exotismo se deve ao fato de o indivíduo do campo ser visto sob a ótica europeia.

De acordo com Lúcia Miguel-Pereira (1973), o exotismo refere-se ao destaque de exterioridades em detrimento da complexidade humana, esta, na maioria das vezes, ausente na construção de personagens rurais. Isso significa que o exótico colado ao espaço sertanejo funciona como contraponto ao meio urbano que se constitui como lugar de fala do narrador. A diferença entre os hábitos da cidade e os do campo consiste nas exterioridades enfatizadas nessa prosa de ficção. E a importância dada às exterioridades subtrai a complexidade das personagens rurais, motivo pelo qual, em vez de o leitor ter a possibilidade de se identificar com as experiências vividas por essas personagens, enxerga nelas o exotismo marcado pela diferença entre os costumes urbanos e os do campo.

Importante!

Na perspectiva de Miguel-Pereira (1973), o impasse relacionado à expressão da linguagem do indivíduo do campo – o outro não pertencente à cidade – tem a ver com o fato de a personagem ser construída como sujeito pertencente apenas ao meio rural, procedimento que implica o apagamento da humanidade dessa personagem. Nesse sentido, o exotismo como componente da criação literária impede a associação da personagem rural ao caráter universal, isto é, à esfera em que ela é apreendida como um indivíduo complexo, imbuído, portanto, de reflexão e sensibilidade diante das questões suscitadas pela existência.

Em *Inocência*, a tipificação do sujeito rural é amenizada pelo equilíbrio entre os elementos narrativos; mesmo assim, transparece no romance de Taunay a cisão entre o narrador letrado oriundo da cultura urbana e a personagem iletrada pertencente ao meio rural. Essa cisão é observada nos termos grifados em itálico, como os da passagem em que é descrita a personagem Manecão, na qual aparecem em itálico *trabucador* e *bichado*, cujos significados, respectivamente, são "trabalhador" e "feito bichas, ganho dinheiro" (Manecão é trabalhador e por isso tem ganho dinheiro); os significados são registrados em notas de rodapé pelo narrador de *Inocência*, para que o leitor da cidade consiga compreender a linguagem sertaneja. Esse procedimento demonstra a separação entre o lugar de fala do narrador (a cidade) e o meio social narrado (o rural).

Sob tais aspectos, ao voltarem a atenção para o interior do Brasil, os romancistas da segunda metade do século XIX lidavam com este impasse na criação literária: a figuração do outro, do indivíduo pertencente ao meio rural. Essa é a razão pela qual, em maior ou menor grau, o indivíduo e o modo de viver do sertão emergem associados ao exotismo.

Outro viés da figuração de indivíduos do campo correspondente à estilização da linguagem das personagens é, muitas vezes, o fato de a linguagem da personagem sertaneja ser idêntica à do narrador urbano. Por exemplo, o registro linguístico de Arnaldo, protagonista de *O sertanejo*, praticamente não se distingue do registro do narrador alencariano, de modo que os costumes da cultura sertaneja são, de certa maneira, abafados pelos costumes urbanos do narrador. Sobre essa ocorrência, Fernando C. Gil observa tratar-se

> *de uma espécie de duplicidade constitutiva do romance rural, relacionada à diferença entre a feição social do narrador, caracteristicamente originário do mundo letrado, culto e citadino, e o caráter aparentemente inusitado da matéria, seja ela situada no sertão, nos pampas, no cerrado ou na floresta amazônica. Esta está centrada, como se sabe, numa cultura de tradição oral, não letrada, cujo escopo linguístico, ideológico, afetivo e prático, enquanto referente histórico, expõe de modo mais direto, imediato e manifesto a vida social fundada nas relações rurais [...].* (Gil, 2019, p. 39-40, grifo do original)

A problemática relacionada à figuração do indivíduo oriundo do meio rural por um narrador pertencente ao ambiente citadino se apresenta no romantismo e atravessa a literatura brasileira no século XX, encontrando diferentes soluções estéticas. Candido (1965) pontua que o modernismo brasileiro, por sua atitude eminentemente antiacademicista, foi determinante na liberação de preconceitos linguísticos e históricos associados a veios culturais de nosso país, tais como o caipira e o africano, nos quais a oralidade é o meio de transmissão de conhecimento e expressão artística, culminando na complexidade de personagens sertanejas/rurais do romance de 30.

> **Importante!**
>
> *O quinze* (1930), de Rachel de Queiroz, *Menino de engenho* (1932), de José Lins do Rego, e *Vidas secas* (1938), de Graciliano Ramos, consistem em exemplos de narrativas cujos espaços apresentam diferentes áreas do sertão, compondo a heterogênea produção do romance de 30. Nesses romances, o espaço é abordado com base na visão dos problemas sociais e políticos nele enfrentados e, sob esse aspecto, essa produção dialoga diretamente com o conteúdo do prefácio de *O Cabeleira*.

Candido (1965) também indica a visão de Euclides da Cunha retomada pelo nosso modernismo, que, assim como o autor de *Os sertões*, não partilhou o atributo exótico referente ao espaço rural. Tendo acompanhado a resistência dos sertanejos e o massacre da comunidade de Belo Monte pelas tropas governamentais, Cunha inverteu a ordem dos elementos na dicotomia civilização/barbárie: o elemento urbano tornou-se o bárbaro, inversão de valia para a transformação operada na figuração da personagem rural e na expressão dos problemas sociais das regiões Norte e Nordeste observadas no romance de 30.

trêspontoquatro

Fantasia *versus* verdade histórica: polêmica entre Távora e Alencar

As polêmicas nas quais se envolveu José de Alencar foram produtivas na reflexão do autor sobre a própria produção ficcional. No primeiro capítulo, mencionamos a polêmica sobre *A Confederação dos Tamoios*, manifestada em uma série de cartas de Alencar sob o pseudônimo Ig. que consistem em exposições críticas referentes ao poema nacional de Gonçalves de Magalhães. Essa polêmica foi iniciada pelo autor de *O guarani*.

Diferente é a polêmica tratada neste capítulo, porque foi ensejada por José Feliciano de Castilho, cujo pseudônimo é Cincinato, e sustentada por Franklin Távora sob o pseudônimo Semprônio. Franklin Távora usou o mesmo expediente que José de Alencar utilizara ao realizar exposições críticas acerca da obra de Magalhães. Servindo-nos do provérbio popular tão apreciado por Alencar em sua criação literária, pode-se afirmar que o feitiço antes lançado voltava a ter efeito em quem o lançara. O efeito retornou em uma série de cartas publicadas entre 1871 e 1872, no jornal *Questões do dia*, cartas que Távora/Semprônio endereça a Feliciano de Castilho/Cincinato, em cujo corpo se verifica a crítica aos romances *Iracema* e *O gaúcho*. Sobre *Iracema* é registrado o seguinte:

ao passo que Gonçalves Dias percorria o Brasil do sul ao norte, penetrando nas entranhas das tribos do Ceará, do Maranhão, do Pará, do Amazonas, atravessando rios caudalosos, margens ínvias, estudando costumes e dialetos vários, colhendo mil notícias e tradições, José de Alencar escrevia folhetins impregnados de essência de salões, frequentava passatempos da corte, sonhava louras visões de luva de pelica e de crinolina na rua do Ouvidor ou no Carceller, numa palavra hauria a vida puramente da cidade, de filigranas, de excitações procuradas, de estimulantes fáceis e à mão; se soubesse que, à proporção que ele ruminava, talvez entre uma chávena de café e um delicioso havana, sob a abóbada caricata de um quiosque artificial a poesia bem artificial e brunidinha de Iracema, Gonçalves Dias combinava na sua grande imaginação, à sombra de um gigante da floresta [...] páginas imortais do I-juca pirama e dos Timbiras [...]. (Távora, 2011, p. 159-160)

Nessa passagem, a argumentação desenvolvida por Távora contrapõe a poesia de Gonçalves Dias à prosa poética de *Iracema*, justificando o contraste entre ambas pelo fato de Gonçalves Dias ter conhecido o interior do país, circunstância que lhe permitiu a observação em campo das características de diferentes regiões, ao contrário de José de Alencar, cuja obra fora imaginada dentro do gabinete de escritor, guiado pelos hábitos da cidade. Távora associa, pois, imaginação e observação *in loco* como fatores necessários à criação literária. Isso significa que, para escrever ficção, elegendo determinado espaço, o escritor deveria necessariamente ter estado no lugar a ser apresentado na narrativa. Você concorda com essa prerrogativa?

Távora credita maior valor ao conhecimento empírico do local porque a década de 1870 traz consigo, de um lado, a exigência de objetividade pertencente à convenção da escola realista e, de outro, a reprodução fiel da realidade conforme o cientificismo da escola naturalista. Nesse sentido, o principal argumento usado por Távora para indicar distorções em *Iracema* e em *O gaúcho* foi a excessiva fantasia de José de Alencar.

Embora tenha criticado o modo de operação da imaginação alencariana, o autor de *O Cabeleira* não foi tão fiel aos preceitos do naturalismo, pois, segundo Almeida (1981), Távora demonstra o traço romântico de conferir à natureza a animação que faz dela espaço de conjugação da essência divina compartilhada por cada um e por todos, misturando panteísmo e positivismo ao descrever, por exemplo, o espaço amazônico. Essa espécie de confusão metodológica reforça o período de transição instalado na década de 1870, já que outros modos de concepção da realidade eram discutidos nesse momento, entre eles a realidade concebida mediante o instrumental científico positivista.

O Cabeleira é escrito, portanto, no momento que o ideário romântico perdia força e a ideologia positivista ganhava adeptos. Acreditar no progresso material e científico como agente de transformação social, no entanto, não tornou *O Cabeleira* um bom romance, porque falta ritmo à organização das situações ficcionais. O enredo de base romântica acerca do ideal amoroso entre Cabeleira e a amiga de infância Luisinha se apresenta para que o narrador defenda a tese de que, não fosse pelo pai degenerado, a sorte de Cabeleira seria outra, pois a boa natureza de José Gomes foi desviada pelos maus instintos de seu pai. Sob esse aspecto, o plano romanesco é atravancado pelas digressões de fundo histórico realizadas pelo narrador, cuja intenção é moralizar, como ele próprio afirma nesta passagem do romance:

> *Eu vejo nestes horrores e desgraças a prova, infelizmente irrecusável, de que o ente por excelência, a criatura fadada, como nenhuma outra, para altíssimos fins, pode cair na abjeção mais profunda, se o afastam de seus sumos destinos circunstâncias de tempo e lugar [...]. Mas desgraçadamente estas cenas não são geradas pela minha fantasia. São fatos acontecidos há pouco mais de um século. Se só alguns deles foram recolhidos pela história, quase todos pertencem à tradição que no-los legou, antes como límpido espelho, que como tenebrosa notícia do passado. Não estou imaginando, estou sim, recordando; e recordar é instruir, e quase sempre moralizar.* (Távora, 1977, p. 68)

Há um verbo nesse excerto que demonstra sobre que base Távora constrói sua ficção. Você o identifica?

A construção ficcional de Távora é sedimentada no que se compreendia como verdade histórica; por esse motivo, o narrador de O Cabeleira entende que a fantasia deve ser calibrada pela referência externa e sublinha que a ação do narrador é "recordar". Nesse ponto, as concepções de Távora e Alencar diferem, porque a ficção de Távora é ancorada em elementos externos, sobretudo no dado histórico. Além disso, ao afirmar que "recordar é instruir", o narrador de *O Cabeleira* expõe um modo de abordagem histórica designada *magistra vitae*.

> ## Curiosidade
>
> Entre as concepções de história vigentes durante o século XIX, verifica-se a *magistra vitae*, em que a história é compreendida pelos exemplos fornecidos no sentido de instruir o presente. Ações e experiências passadas servem de orientação à conduta dos indivíduos no presente. Em *O Cabeleira*, o exemplo é a regeneração do bandido arrependido dos crimes cometidos, praticados por causa da má educação que o pai dera ao filho, conforme a tese defendida pelo narrador de Franklin Távora.

São esses os elementos que estavam em jogo na crítica de Távora ao excesso de fantasia na obra alencariana. Távora destacou que a distorção da realidade era ocasionada, de um lado, pela não fidelidade à fonte histórica e, de outro, pelo desconhecimento de campo do autor referente ao espaço em que se passa a narrativa. A esses fatores é somado o exercício da imaginação grotesca de Alencar, isto é, da imaginação que errava em não retocar o lado feio da natureza, como fez o narrador de *O Cabeleira* ao expor a boa natureza do filho desviado pelo pai. No próximo capítulo, você terá a oportunidade de conhecer a outra versão dessa história, a versão da ficção de Alencar, ou melhor, a versão de como o autor de *Iracema* constrói a verossimilhança de seus romances sem precisar primar pela fidelidade histórica, tampouco pela ideia de que narrar é recordar.

Síntese

No decênio de 1870, os preceitos de objetividade e de fidelidade à realidade contidos na convenção naturalista e na realista passaram a atuar como horizonte da criação literária e, também, a conviver com o ideário romântico. Por essa razão, verificamos, neste terceiro capítulo, como ambas as convenções habitam o romance de Visconde de Taunay por meio de uma estrutura narrativa equilibrada. Equilíbrio composicional conferido pela alternância entre cena e sumário, pela tensão entre o urbano e o rural e pela concentração dramática a mobilizar aspectos cômicos e líricos na tragédia do par romântico Cirino e Inocência.

A abordagem das transformações ocorridas na cena literária a partir de 1870 incluiu a discussão do conceito de regionalismo, no qual está contido o sertanismo literário, identificado ao longo do capítulo não somente na produção da segunda metade do século XIX como também em textos canônicos da literatura brasileira produzidos no século XX. Nesse sentido, sobre a formulação do conceito de regionalismo, sublinhamos também características da prosa de ficção da segunda metade do século XIX, a saber, o tipo humano destacado pela valentia, a cisão entre o narrador urbano e o meio rural narrado e a simbiose entre o homem e a terra. Outro ponto ressaltado sobre o regionalismo foi a figuração da personagem rural e o modo de expressão desse sujeito, problemática pontuada por meio do exotismo observado por Lúcia Miguel-Pereira, que indica a subtração da complexidade na construção da personagem rural.

Todas essas questões foram antecedidas pela compreensão da proposição regionalista feita por Franklin Távora no prefácio de O Cabeleira, de modo a percebermos o diálogo sociológico relacionado à particularidade da Região Norte com o realismo social presente no romance de 30. Por outro lado, o conceito de regionalismo discutido por meio dos romances de Taunay e de Távora foi aproveitado para o estabelecimento de diferenças entre a fabulação de O Cabeleira, de Inocência e de O sertanejo.

Finalizamos este capítulo com a polêmica entre Távora e Alencar, marcada pelas cartas que Semprônio destinou a Cincinato. Foram esclarecidos os motivos pelos quais a argumentação de Távora insistiu na deformidade da imaginação alencariana. No tocante à descrição da natureza e dos costumes indígenas e regionais observados em Iracema e em O gaúcho, Távora baseou-se em uma concepção de realidade que adota o referencial externo como base da construção ficcional, pois o autor de O Cabeleira guiou-se pelo que considerava ser a verdade histórica.

Atividades de autoavaliação

1. Sobre os aspectos composicionais de Inocência, indique se as afirmações a seguir são verdadeiras (V) ou falsas (F).

( ) A construção da personagem naturalista Meyer ancora-se na fidelidade à observação da realidade.

(   ) A traço épico é articulado ao conflito entre o elemento urbano, representado pelo letramento de Cirino, e o elemento rural, representado pela valentia de Manecão.

(   ) A intertextualidade consiste em um recurso poético a conferir dramaticidade à experiência amorosa dos protagonistas.

(   ) O equilíbrio composicional apresenta características das vertentes romântica e realista.

(   ) A apresentação de acontecimentos encadeados em diversos espaços em uma longa duração temporal estrutura o romance de Taunay.

Agora, assinale a alternativa que corresponde à sequência obtida:

a. V, V, F, F, F.

b. V, F, F, V, V.

c. V, V, F, F, V.

d. F, V, V, F, V.

e. F, F, V, V, F.

2. Assinale a alternativa que identifica corretamente a proposição de Franklin Távora no prefácio de *O Cabeleira*:

a. Programa regionalista para a literatura brasileira.

b. Reivindicação da distinção entre Norte e Sul.

c. Divisão das províncias do Brasil em zonas literárias.

d. Fortalecimento da unidade do território nacional.

e. Expropriação da literatura do Sul.

3. A respeito da noção de regionalismo, indique se as afirmações a seguir são verdadeiras (V) ou falsas (F).

( ) Associa-se à cor local por abarcar traços socioculturais.

( ) Estende-se à prosa de ficção do século XIX e à criação literária do século XX, observando o exotismo nos caracteres das personagens.

( ) As categorias narrativas que se sobressaem na fabulação são o tempo da narrativa e a personagem do meio rural.

( ) As particularidades regionais se sobressaem cultural e politicamente a partir do romance de 30.

( ) Um traço marcante é a oposição à unidade nacional.

Agora, assinale a alternativa que corresponde à sequência obtida:

a. V, V, F, F, F.

b. V, F, F, V, V.

c. V, V, F, F, V.

d. F, V, V, F, V.

e. F, F, V, V, V.

4. Assinale a alternativa que identifica corretamente a crítica de Távora à criação literária de Alencar:

a. Deformidade imaginativa que resulta em irrealidade na observação dos costumes.

b. Apresentação de hábitos sociais condicionados pela experiência de campo.

c. Inoperância da imaginação na realidade social apresentada no romance.

d. Ausência de investigação histórica e afastamento da realidade pelo excesso de imaginação.

e. Distorção das situações narrativas ocasionada pela aplicação de preceitos naturalistas na fabulação.

5. Acerca do exotismo aplicado à construção da personagem rural, indique se as afirmações a seguir são verdadeiras (V) ou falsas (F).

( ) O mundo interior da personagem é destacado de modo a criar a identificação com o leitor.

( ) Há cisão entre o lugar de fala do narrador e a linguagem da personagem.

( ) A simplificação dos caracteres decorre da ênfase nas exterioridades.

( ) É conferida importância ao registro oral na construção dos caracteres complexos.

( ) A estereotipia se manifesta pela relevância dada à cor local, que distingue o campo da cidade.

Agora, assinale a alternativa que corresponde à sequência obtida:

a. V, V, F, F, F.

b. V, F, F, V, V.

c. V, V, F, F, V.

d. F, V, V, F, V.

e. F, F, V, V, V.

Atividades de aprendizagem

Questões para reflexão

1. Analise os pontos de contato entre as narrativas *O sertanejo* e *Os sertões* e descreva por que eles são possíveis.

2. Reflita sobre o argumento usado por Franklin Távora para justificar o excesso de fantasia de José de Alencar: ser um escritor de gabinete sem contato com o espaço sobre o qual narrou. Elabore um contra-argumento para replicar essa prerrogativa.

Atividade aplicada: prática

1. Liste textos de ficção e/ou anúncios publicitários, programas televisivos, webséries ou outras narrativas verbais e/ou audiovisuais em que se nota a presença do exotismo na construção de personagens oriundas do meio rural.

um	O romantismo alencariano
dois	José de Alencar e o romance histórico
três	A década de 1870 e o regionalismo
quatro	**Romance regionalista de Alencar**
cinco	A crítica literária e o romance urbano alencariano
seis	Leitura(s) em *Lucíola* e em *Senhora*

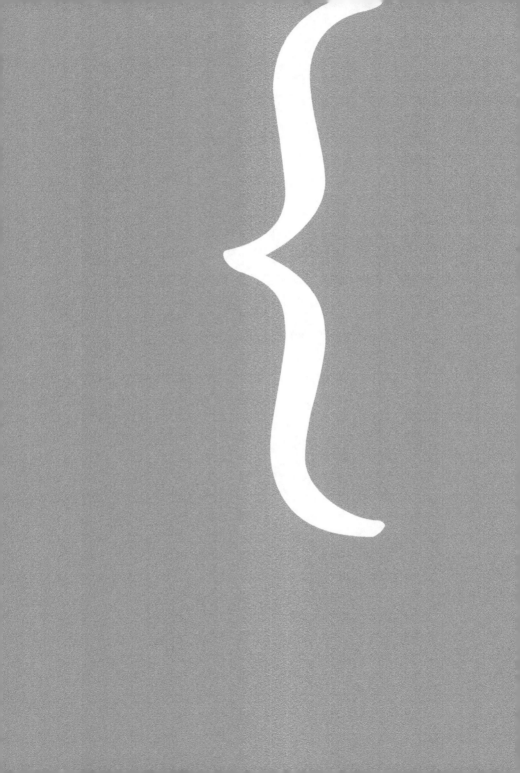

ⅭESTE CAPÍTULO VERSA sobre as características de quatro romances de José de Alencar: *O gaúcho* (1870), *O tronco do ipê* (1871), *Til* (1872) e *O sertanejo* (1875), que podem ser considerados regionalistas. Os aspectos regionalistas percebidos nessas narrativas são, portanto, o assunto central, o qual privilegia a continuidade da discussão desenvolvida no capítulo anterior a ela somando novos tópicos. Um deles é a identificação da hipérbole com que a natureza é tratada nos romances, linha de força que nos conduz à elevação do protagonista dos romances, heróis nutridos pela exuberância da paisagem brasileira, seja ela a região de campanha, seja ela o sertão.

Outro tópico tratado é o trânsito do meio rural para o meio urbano presente em *O tronco do ipê* e em *Til*, tema que leva em conta a atividade cafeeira das regiões em que a narrativa de ambos os romances se passa. Nesse sentido, a prática social do apadrinhamento é abordada para pontuar tanto a violência retratada nas situações ficcionais quanto a presença de personagens dependentes do favor do grande proprietário na ordem escravocrata.

quatropontoum
Do Sul ao Norte:
O gaúcho e O sertanejo

A vingança é o fio narrativo das aventuras de Manuel Canho, protagonista de O *gaúcho*. No enredo, a Revolução Farroupilha emerge em segundo plano porque os embates políticos que antecederam a Guerra dos Farrapos (1835-1845) participam das situações ficcionais. A vingança executada pelo protagonista consiste na partida da pequena propriedade rural em que mora junto com a mãe e a irmã para ir ao encontro do homem que assassinara seu pai quando Manuel era criança. Depois de vingada a morte do pai, Manuel Canho põe-se a serviço da personagem histórica Bento Gonçalves, líder da Revolução Farroupilha, que, no romance, é padrinho do protagonista.

O *gaúcho* é dividido em quatro partes: "O peão", "Juca", "Morena" e "Upa!". Na primeira e segunda partes, são enfocados os elementos responsáveis por desencadear a ação nas duas últimas partes do romance. Assim, "O peão" e "Juca" apresentam o tipo humano do Sul denominado *gaúcho*, qualificado por sua natureza obstinada e bravia. A execução da vingança de Canho e as notícias acerca da Revolução Farroupilha concentram-se nessas primeiras partes; nas duas últimas são condensadas as ações relacionadas aos embates políticos e às disputas individuais por causa do amor traído. Embora o enredo envolva a Revolução Farroupilha, sobressai nos eventos ficcionais, além da vingança de Canho, o conflito amoroso envolvendo Catita, noiva do protagonista, e Félix, apaixonado por Catita e por ela desenganado, motivo pelo qual Félix jurara de morte Manuel Canho.

Os dois primeiros capítulos são intitulados "O pampa" e "O viajante". Lembra-se do primeiro capítulo de *Inocência*? O narrador em terceira pessoa de *O gaúcho* realiza movimento similar ao do narrador de *Inocência*, porque apresenta, primeiramente, o espaço no qual a narrativa se passa para, em seguida, nele introduzir a figura humana que representa o espaço. Vejamos a forma de apresentação do espaço pelo narrador de *O gaúcho*:

> *Como são melancólicas e solenes, ao pino do sol, as vastas campinas que cingem as margens do Uruguai e seus afluentes!*
>
> *A savana desfraldada a perder de vista, ondulando pelas sangas e coxilhas que figuram as flutuações das vagas nesse verde oceano. Mais profunda aqui parece a solidão, e mais pavorosa, do que na imensidão dos mares.*
>
> *É o mesmo ermo, porém selado pela imobilidade, e como que estupefato ante a majestade do firmamento.*
>
> *Raro corta o espaço, cheio de luz, um pássaro erradio, demandando a sombra, longe na restinga do mato que borda as orlas de algum arroio.* (Alencar, 1970, p. 9)

Diferente da descrição do sertão feita pelo narrador de *Inocência* é a exposição do narrador alencariano a respeito da paisagem sulina, pois, em *O gaúcho*, a subjetividade quanto à paisagem se mostra nos sentimentos de melancolia e solidão que prevalecem por meio da comparação entre a imensidão do mar e as características naturais do extremo sul. O Uruguai mencionado é o rio que passa pela planície rio-grandense, onde também é localizada a Bacia Platina, marcada por países fronteiriços, Argentina, Paraguai, Uruguai. A sensação de imobilidade destacada pela presença impositiva do céu é decorrente da vegetação rasteira, de modo que a escassez de árvores amplifica o vazio que se apresenta no horizonte de visão de quem viaja pelo extremo sul, também conhecido como *região de campanha*.

Na sequência, o narrador continua a expor as características desse espaço, afirmando que o pampa é a terra do tufão, e essa informação é importante pelo papel que o meio natural desempenha nas habilidades das personagens, em especial do protagonista Manuel Canho. Nesse sentido, nota-se o processo de mimetização dos fenômenos naturais na ação do indivíduo, de maneira que, por exemplo, o narrador usa a imagem do ciclone para descrever a ação fulminante da personagem na campanha. Como você já deve ter percebido, esse é um traço discutido no capítulo anterior, em que a fabulação apresenta a simbiose entre o homem e a terra; de fato, tanto *O gaúcho* quanto *O sertanejo* têm protagonistas que estão em consonância com a natureza nas proezas realizadas ao longo do enredo.

> ## Importante!
>
> Lembre-se de que *O gaúcho* e *O sertanejo* foram publicados antes de *O Cabeleira*, em cujo prefácio Franklin Távora propôs a distinção literária entre o Norte e o Sul. São considerados regionalistas esses romances de Alencar por tematizarem determinada região brasileira; todavia, diferentemente da proposta de Távora, neles está implícita a ideia de unidade nacional difundida pelo programa literário romântico.

A ideia de unidade nacional contida na expressão do regionalismo nos romances alencarianos implica a tendência genealógica observada por Antonio Candido (1989), isto é, a atitude de voltar-se para o passado com o propósito de identificar rastros de linhagem que pudessem constituir a especificidade brasileira, cuja organização social espelhava-se no contexto europeu considerado sinônimo de civilização. A busca de uma continuidade genealógica que elevasse a brasilidade também consistiu no motivo do apagamento da matriz africana no processo de mestiçagem brasileiro, pois, conforme já discutimos, o indígena idealizado foi o elemento que legou a pureza necessária para que o Brasil pudesse equiparar-se ao continente europeu. Verifique como tal tendência está presente em *O sertanejo*:

À exceção da cozinha, cada aposento tinha uma rede de algodão muito alva. No dormitório a rede faz as vezes de cama; na varanda faz as vezes de sofá, e é o lugar de honra que o sertanejo, fiel às tradições hospitaleiras do índio seu antepassado, oferece ao hóspede que Deus lhe envia. (Alencar, 1967d, p. 202)

O narrador de *O sertanejo* associa os costumes sertanejos ao modo de viver do indígena longínquo, sinalizando o parentesco entre o indivíduo do sertão e o elemento nativo. Nesse sentido, a hospitalidade do indígena apresentada no enredo de *Iracema* é usada, em *O sertanejo*, para efetuar a conexão genealógica entre o sertanejo e o indígena do período pré-cabralino. Esse procedimento está correlacionado ao entrelaçamento entre mito e história identificado nos romances indianistas examinados no primeiro capítulo. Por outro lado, a conexão estabelecida entre o sertanejo e o indígena também condiz com a convenção romântica relacionada à busca das origens, já que a Idade Média foi revisitada pelo(s) romantismo(s) para o reconhecimento do passado histórico e de tradições nele abrigadas. Como sabemos, o Brasil não teve um período medieval depositário de origens que pudessem fornecer elementos constitutivos da nacionalidade como ocorreu no contexto europeu, lacuna suprida pela tendência genealógica indicada por Candido. A busca de possíveis origens da nacionalidade realizada via conhecimento histórico do passado foi significativa porque cultivou o interesse por diferentes áreas do saber, tais como a etnografia, a linguística, a antropologia, a arqueologia e a poesia popular. Esse tipo de expansão a agregar diversas fontes de investigação intelectual e artística é uma característica do movimento romântico.

> ## Importante!
>
> A composição do espaço e do modo de viver do sertão apresentada em *O sertanejo* também foi pensada por meio da investigação do folclore cearense. Cartas publicadas por José de Alencar no jornal *O Globo* em 1874 apresentam as balizas da criação de *O sertanejo*. Reunidas sob o título *O nosso cancioneiro*, as cartas abordam a poesia popular que possibilitou observar os feitos do boi cantados nos poemas *O Rabicho da Geralda* e *Boi Espácio*, reescritos por Alencar e incorporados ao enredo de *O sertanejo*.

Estão relacionadas à composição da paisagem brasileira dos romances alencarianos a tendência genealógica e a busca romântica das origens. Nesta, o passado histórico foi revisitado de maneiras diversas, seja pelo estudo da poesia popular, seja pelas narrativas de viajantes estrangeiros como Auguste de Saint-Hilaire, seja por crônicas históricas como a de Baltasar da Silva Lisboa, citados nos capítulos anteriores. Feita a explicação necessária ao entendimento da matéria narrativa associada ao regionalismo nos romances de Alencar, vamos reconhecer diferenças e semelhanças entre a paisagem do extremo sul descrita em *O gaúcho* e o sertão retratado em *O sertanejo*.

Diferentemente do que acontece em *O gaúcho*, em *O sertanejo* existe o recuo no tempo, à segunda metade do século XVIII, em Quixeramobim, sertão cearense. Assim como ocorre em *O gaúcho*, o enredo de *O sertanejo* é estruturado pelas aventuras do protagonista: Arnaldo Louredo é o herói que se põe a serviço do capitão-mor Gonçalo Pires Campelo, pai de D. Flor, por quem Arnaldo é apaixonado. A paixão secreta por D. Flor e a dedicação ao patriarca Campelo consistem na motivação de Arnaldo para agir ao longo da narrativa. Vejamos como o sertão é apresentado nesse romance:

> *Pela vasta planura que se estende a perder de vista, se erriçam os troncos ermos e nus com os esgalhos rijos e encarquilhados, que figuram o vasto ossuário da antiga floresta.*
>
> *O capim, que outrora cobria a superfície da terra de verde alcatifa, roído até a raiz pelo dente faminto do animal e triturado pela pata do gado, ficou reduzido a uma cinza espessa que o menor bafejo do vento levanta em nuvens pardacentas.*
>
> *O sol ardentíssimo coa através do mormaço da terra abrasada uns raios baços que vestem de mortalha lívida e poenta os esqueletos das árvores, enfileirados uns após outros como uma lúgubre procissão de mortos.* (Alencar, 1967d, p. 163)

A passagem pertence ao primeiro capítulo, intitulado "O comboio", em que o narrador fornece elementos do sertão de antigamente, porque o recorte temporal da narrativa é o final de 1764 e o início de 1765. No capítulo inicial, traduzindo-se o movimento do comboio para a linguagem técnica do cinema, pode-se considerar que o leitor conhece as personagens, a paisagem no período de estio e os costumes sertanejos pelo *travelling* lateral realizado pelo narrador, cujo foco é o deslocamento da comitiva de Campelo em direção à Fazenda da Oiticica.

> ## Curiosidade
>
> O *travelling* utiliza trilhos e carrinho para fazer a câmera se movimentar, equipamento que torna possível o deslocamento desta no espaço. Agora, imagine o *travelling* cinematográfico parecido com o movimento do narrador de O *sertanejo*, no intuito de fazer o leitor capturar diversos elementos do espaço sertanejo ao acompanhar a comitiva de viagem que se aproxima da fazenda.

Campelo retorna com a família da viagem feita ao Recife e junto à comitiva se aproxima da Oiticica. Você deve ter notado que a apresentação do espaço sertanejo no período em que não há chuva utiliza metáforas construídas por meio de vocábulos cuja semântica remete à morte: "ossuário", "mortalha", "esqueletos". Os adjetivos reforçam a paisagem assolada pelo ardor superlativo do sol: "ermos e nus", "rijos e encarquilhados", "pardacentas". A estiagem contrasta com a "antiga floresta", a que renasce com as chuvas, mudança que também é descrita pelo narrador no desenrolar do enredo, de modo que a imagem de morte instalada no espaço sertanejo no início do romance dá lugar à imagem da vida páginas adiante. Tanto na descrição do período das chuvas quanto na apresentação do estio, a natureza torna-se animada pela forma poética como é descrita, tendo em vista as imagens criadas a partir dos elementos naturais. Sob tal aspecto, o narrador exibe a imagem da morte pelo cromatismo cinza pardacento da paisagem composta por árvores-esqueletos a materializar no espaço uma "procissão de mortos". Essa técnica de descrição da paisagem é distinta da precisão geográfica e da objetividade com que o narrador de *Inocência* apresenta o sertão mato-grossense.

Em *O gaúcho* e em *O sertanejo*, a criação de imagens ocorre pela forma poética com que a natureza se torna animada, como no caso da procissão de árvores-esqueletos usada para descrever a terra sertaneja na estiagem. No caso de nosso romantismo, a carga metafórica empregada na descrição da paisagem pode ser relacionada à **visão transfiguradora** indicada por Candido (1965), derivada do olhar sobre o meio natural registrado em escritos barrocos, em que a natureza brasileira é vista pela hipérbole, daí decorrendo o espanto expressado pela visão acostumada com o Velho Mundo que, ao se deparar com elementos do Novo Mundo, mostra-se no uso da amplificação. Essa visão exagerada e desviada é notada, por exemplo, na descrição que Frei Antônio do Rosário fez de uma fruta nativa do Brasil, o ananás, cujo nome científico *Ananas comosus* foi popularmente transfigurado em *abacaxi* no português do Brasil; *piña*, no idioma espanhol; *pineapple*, na língua inglesa.

Nasce o Ananás com coroa como Rey; na casca, que parece hum brocado em pinhas, tem a opa [roupa] Real; nos espinhos como archeyros [arqueiros] a sua guarda; pelas insignias Reaes com que a natureza o produzio tão singular, de grande e fermosa [formosa] estatura, tem a forma digna de Imperio, entre as mais frutas do universo [...]. (Rosário, 2002, p. 1-2)

O abacaxi transformado rei e superior a todas as frutas do universo em sua constituição imperiosa exemplifica a hipérbole usada na apresentação da natureza brasileira. Nosso romantismo revisita o exagero presente na estética barroca para exaltar a natureza e o indígena. Nesse sentido, a tendência genealógica e a visão transfiguradora transparecem na organização discursiva dos textos de ficção da segunda metade do século XIX porque são procedimentos com os quais o alinhamento do Brasil ao caráter universal pôde ser efetuado, já que a exaltação da paisagem brasileira e a invenção de uma linhagem indígena nobre visaram incluir o país no catálogo da beleza mundial.

Se a natureza é grandiosa, o herói deve acompanhar essa elevação, tendo em vista a simbiose que se processa entre ele e a terra, conforme viemos discutindo desde o capítulo anterior. Sob tal aspecto, a natureza agrega-se às façanhas dos protagonistas Manuel Canho e Arnaldo Louredo, embora seja perceptível, em *O gaúcho*, que os feitos do cavaleiro são mais econômicos e pontuais, como mais modesta também é a descrição do meio natural quando comparada à exuberância identificada em *O sertanejo*.

Nesse romance, é bem mais acentuado o elo entre herói e natureza, assim como há o tom afetivo do narrador em relação ao espaço. Por esses motivos, é mais potente no enredo a força de ação do herói sertanejo. Sobre o enrosco entre personagem e paisagem, há alguns pontos que merecem nossa atenção.

quatropontodois
A paisagem no herói: romanesco em filigrana

Importante na construção de Manuel Canho é o afeto que a personagem dedica aos cavalos. Morzelo, Morena e Juca são os cavalos que dão acesso ao espaço interior do herói porque funcionam como ponte entre o protagonista e o mundo. Esse laço afetivo permite a Manuel expressar seus sentimentos; por exemplo, ele passa a demonstrar afeto pela irmã Jacintinha e, também, por Catita pois ambas estabelecem relação de amizade com os cavalos. A afeição equestre concentrada no protagonista de *O gaúcho* valeu a seguinte crítica de Franklin Távora: "Manuel Canho [...] caracteriza-se por estes sinais: ódio eterno para com a espécie humana, frouxo e afeminado enternecimento para com a raça hípica. *Sênio* expressa a doutrina de que o gaúcho tem mais em si de cavalo do que de homem [...]" (Távora, 2011, p. 45, grifo do original). Tal crítica está presente nas *Cartas a Cincinato*, nas quais já nos detemos para reconhecer a argumentação referente ao excesso de fantasia responsável pela distorção da realidade figurada nos romances alencarianos.

Manuel Canho torna-se arredio ao convívio social após a morte do pai, momento em que transfere a afetividade aos animais, em especial ao cavalo Morzelo. À misantropia da personagem soma-se a tenacidade demonstrada na execução da vingança pelo assassinato do pai. Doze anos após o crime, ao encontrar doente o assassino de seu pai, Manuel salva-lhe a vida atuando como enfermeiro até Barreda melhorar, momento em que o protagonista lhe crava a mesma lança que Barreda utilizara para matar o pai João Canho. Essa obstinação da personagem é também expressa pelo afeto aos cavalos, e este, para Távora, constitui o grotesco na ficção de Alencar porque inclui a feiura relacionada ao real, isto é, o "frouxo e afeminado enternecimento para com a raça hípica" da parte de Manuel Canho.

Desse modo, vale a pena complementar o que já sabemos a respeito da polêmica entre Alencar e Távora, pois, segundo Eduardo Vieira Martins (2011), a compreensão da verossimilhança difere na obra de ambos porque Alencar foca os gêneros a fim de criar a verossimilhança interna à obra, ao passo que Távora entende que a verossimilhança depende da fidelidade ao dado histórico e/ou à realidade referencial. Quando criticou o poema nacional de Gonçalves de Magalhães, Alencar argumentou que o romance seria o gênero adequado à narração do assunto tratado em *A Confederação dos Tamoios*: "Estou bem persuadido que se Walter Scott traduzisse esses versos portugueses no seu estilo elegante e correto; se fizesse desse poema um romance, dar-lhe-ia um encanto e um interesse [...]" (Alencar, 2007, p. xlvii). Tal apontamento esclarece a importância de a organização interna da obra ser pautada de acordo com a particularidade de cada gênero. Essa é a razão pela qual, na ficção de Alencar, a organização interna depende da harmonia entre a matéria narrativa e o gênero escolhido para abordá-la. Isso significa que a verossimilhança não está condicionada ao belo ideal no tratamento dado à realidade referencial, conforme frisa Távora.

Para a compreensão do elo entre o herói sertanejo e a paisagem, vamos reconhecer um dos modos ficcionais sobre o qual discorreu Northrop Frye em *Anatomia da crítica*, propostos pelo autor com base na sistematização de Aristóteles acerca dos caracteres do herói (Quadro 4.1).

> ## Curiosidade
>
> Northrop Frye (1912-1991) foi um notório crítico literário canadense cujo trabalho envolve os arquétipos da tradição ocidental legados pelos mitos bíblicos e deslocados para a composição poética, seja ela em prosa, seja em verso. Publicado pela primeira vez em 1957, *Anatomia da crítica* (*Anatomy of criticism: four essays*) apresenta a crítica sinóptica elaborada por Frye.

QUADRO 4.1 – O HERÓI NOS MODOS FICCIONAIS
DE NORTHROP FRYE

Modos ficcionais	Poder de ação do herói
Mito	É a divindade.
História romanesca	É humano dotado de superpoderes.
Imitativo elevado	Não controla o destino e passa por provações virtuosamente.
Imitativo baixo	É um ser humano comum.
Irônico	É humano com capacidade ou inteligência limitada.

FONTE: Elaborado com base em Frye, 1973.

Essa classificação compreende o critério de inferioridade ou superioridade do herói em relação aos demais indivíduos e ao meio. No grau maior de superioridade, o herói é um deus; já nos outros modos, o herói é humano, variando o poder de sua ação como indivíduo superior (história romanesca e imitativo elevado), mediano (imitativo baixo) ou inferior aos demais (irônico). Tenha em vista que os modos ficcionais podem estar combinados nas obras literárias.

O herói da história romanesca é extra-humano porque a principal característica desse modo ficcional é o predomínio da aventura, razão pela qual o herói executa grandes ações que estão fora do alcance de realização dos demais, ou seja, é um ser humano com força e coragem extraordinárias. Além disso, o ambiente no qual manifesta seu poder incomum é a floresta, espaço que também aproxima o herói de animais com os quais convive e pode contar em diferentes situações. Por causa desses traços, o universo da história romanesca é encantado, há objetos mágicos, como talismãs, e a presença de seres sobrenaturais, como fadas, demônios e bruxas. Todos esses são aspectos que remetem ao mundo medieval.

Sob tais aspectos, o protagonista de *O sertanejo* pode ser comparado aos heróis dos romances de cavalaria por concentrar virtudes que atestam sua superioridade, as quais são, de acordo com Michel Pastoureau (1989, p. 48), além da bondade e da honestidade a moldar a nobreza do coração, "a piedade e a temperança; a coragem e a força física; o desdém à fadiga, ao sofrimento e à morte; a consciência de seu valor; o orgulho de pertencer a uma linhagem, de ser leal a um senhor, de respeitar a fidelidade jurada [...]". Arnaldo Louredo detém esse repertório, pois serve ao capitão-mor Campelo, sendo fiel à jura de proteger a ele e à família, cumprindo seu dever com integridade e ações dignas de um ser humano inigualável.

Essa é uma face da construção do herói sertanejo, e não é a única, porque contígua a ela é a face engendrada pela poesia popular com as façanhas de bois que se tornaram folclóricos pela valentia com que enfrentaram os mais habilidosos vaqueiros do sertão: matéria das cantigas sertanejas presente nos poemas coletados por José de Alencar, como *O Rabicho da Geralda*. Arnaldo é um desses vaqueiros, contudo, em *O sertanejo*, o herói consegue vencer o boi Dourado, afamado como o boi Rabicho porque nenhum vaqueiro conseguia dominá-lo. O narrador apresenta a captura do boi Dourado por Arnaldo no capítulo O *Dourado*, em que também há trechos do já mencionado poema O *Rabicho da Geralda*:

Eu fui o liso Rabicho,

Boi de fama conhecido,

Nunca houve neste mundo,

Outro boi tão destemido.

[...]

Minha fama era tão grande

Que enchia todo o sertão;

Vinham de longe vaqueiros

Pra me botarem no chão.

[...]

Onze anos andei

Pelas caatingas fugido;

Minha senhora Geralda

Já me tinha por perdido. (Alencar, 1967d, p. 266, grifo do original)

Percebe que o tratamento hiperbólico identificado na descrição do abacaxi de Frei do Rosário também está presente nos versos de O *Rabicho da Geralda*? E, melhor ainda, na trova popular o boi é animado porque é dele a voz que narra os feitos por ele próprio realizados – o animal é o herói. A grandiosidade do boi verificada na poesia popular é aproveitada por Alencar na composição do protagonista e, sob esse aspecto, Arnaldo é ainda mais potente como herói por conseguir dominar o boi prodigioso que nenhum outro havia conseguido. Portanto, os versos de *O Rabicho da Geralda* integrados ao capítulo em que Arnaldo captura o boi Dourado demonstram, por um lado, a visão transfiguradora a possibilitar que a paisagem natural comporte tanto o elemento maravilhoso contido no boi folclórico quanto o poder incomum do sertanejo; por outro lado, nota-se a construção da perfeita comunhão entre herói e natureza:

> *E buscou no recôndito da floresta a sua malhada favorita. Era esta um jacarandá colossal, cuja copa majestosa bojava sobre a cúpula da selva como a abóbada de um zimbório.*
>
> *Ali costumava o sertanejo passar a noite ao relento, conversando com as estrelas, e a alma a correr por esses sertões das nuvens, como durante o dia vagava ele pelos sertões da terra.*
>
> *É este um dos traços do sertanejo cearense; gosta de dormir ao sereno, em céu aberto, sob essa cúpula de azul marchetado de diamantes, como não a tem nos mais suntuosos palácios.*
>
> *Aí, no seio da natureza, sem muros ou tetos que se interponham entre ele e o infinito, é como se repousasse no puro regaço da mãe pátria acariciado pela graça do Deus, que lhe sorri na luz esplêndida dessas cascatas de estrelas.* (Alencar, 1967d, p. 182-183)

O elemento maravilhoso participa da organização interna da obra criando – por intermédio da natureza – a realidade extraordinária que permite ao herói executar ações que poderiam ser comparadas às de super-heróis como Batman, personagem em que os superpoderes são fruto de recursos criados por sua condição humana. A presença do maravilhoso oriundo do folclore e da hipérbole na descrição da natureza é o motivo pelo qual algumas situações de O sertanejo são, muitas vezes, compreendidas como inverossimilhança: defeito de fabricação a produzir distorções na descrição da realidade social.

Nesse sentido, Candido (2012) argumenta que, ao combinar-se com a convenção do romance romântico cuja orientação é a idealização, a fidelidade à realidade implicou a descrição irreal da realidade social apenas em romancistas de menor habilidade. No caso de José de Alencar, o irreal condiz com as situações narrativas, e não com a irrealidade na descrição da realidade social. Ao assistir aos filmes do Batman ou a um anime de super-heróis, ou ainda ao ler uma *graphic novel* ou um mangá de super-heróis, você porventura duvida das ações realizadas por eles? Ocorre o mesmo na leitura de O sertanejo, pois, quando Arnaldo traz uma onça puxando-a pela orelha, por exemplo, a ação está de acordo com elementos do folclore e da história romanesca que foram ordenados para criar a coerência interna da obra. Na convenção da HQ de super-heróis, estranharíamos se a ação do protagonista fosse parecida com a nossa, correto? Por esse mesmo motivo, O sertanejo contém situações irreais que são idealizadas conforme a organização composicional do romance; dessa maneira, a onça, um animal selvagem, torna-se domesticada nas mãos do protagonista sem isso consistir em irrealidade na descrição dos costumes e hábitos do sertão.

São essas as filigranas do romanesco que, consoantes à convenção romântica, explicitam a técnica de descrição da paisagem pela qual se processa a simbiose entre herói e natureza, aspecto presente no regionalismo dos romances de José de Alencar.

quatropontotrês
Til e *O tronco do ipê*: transição do rural para o urbano

Quais observações poderiam ser feitas com base nas informações do Quadro 4.2, a seguir?

QUADRO 4.2 – ROMANCES REGIONALISTAS
DE JOSÉ DE ALENCAR

Romance	Tempo da narrativa	Região	Espaço(s)
O gaúcho (1870)	1835	Região rio-grandense	Várias localidades do extremo sul
O tronco do ipê (1871)	1839/1850/1857	Vale do Paraíba, entorno do Rio de Janeiro	Fazenda Nossa Senhora do Boqueirão

(continua)

(Quadro 4.2 – conclusão)

Romance	Tempo da narrativa	Região	Espaço(s)
Til (1872)	1846	Interior de São Paulo	Fazenda das Palmas e cercania
O sertanejo (1875)	1764-1765	Quixeramobim, sertão do Ceará	Fazenda da Oiticica e floresta

Vamos elaborar afirmações usando os dados registrados:

❖ *O sertanejo* é o único romance em que o tempo da narrativa não contempla o século XIX.

❖ Com exceção de *O gaúcho*, em que o protagonista está constantemente em trânsito, nos demais a fazenda é o espaço a predominar no desenvolvimento dos eventos ficcionais.

❖ Os romances em que o tempo da narrativa está mais próximo do tempo da escrita são *O tronco do ipê* e *Til*.

Agora, atendo-nos à última afirmação, cabe acrescentar que, no tempo da escrita de ambos os romances, a ascensão do café estava em curso, visto que o cultivo migrara de lavouras do Rio de Janeiro, em declínio, para as de São Paulo, em evidência. Logo, *O tronco do ipê* e *Til* tematizam de modo indireto o ciclo cafeeiro em razão da presença de áreas em que o desenvolvimento econômico decorrente da atividade cafeeira marcava o trânsito do modo de vida rural para o urbano.

Como você já pode supor, *O tronco do ipê* não difere dos romances abordados porque também apresenta o impasse amoroso vivido por um par romântico, motivo pelo qual a trajetória do amor entre as personagens Alice e Mário envolve três planos temporais que estruturam a narrativa. *O tronco do ipê* é dividido em duas partes. Na primeira, sobressai o plano temporal de 1850 e há o *flashback* que remete ao plano de 1839, ano em que morre José Figueira, pai de Mário. Em 1850, Alice tem 11 anos e Mário tem 15. Ela é filha de Joaquim de Freitas, que fora amigo de José Figueira. Desde o falecimento do pai de Mário, ele e sua mãe Francisca foram morar com a família de Joaquim, que os acolheu na Fazenda das Palmas. Mário suspeita que a morte do pai possa não ter sido mera fatalidade, e essa interrogação o acompanha ao longo da narrativa. O narrador alimenta a dúvida sobre o possível assassinato de José Figueira ao lançar pistas como se fossem peças de um quebra-cabeça proporcionado pelo embaralhamento dos três planos temporais. É pela via desse mistério a ser revelado que o leitor tem acesso ao psicológico do protagonista. Na primeira parte do romance, o narrador também informa que Joaquim nem sempre fora rico, pois a fortuna surge pouco depois da morte de José Figueira. Somente na segunda parte é esclarecido por que Joaquim enriqueceu, ao passo que Francisca e Mário, relativamente abastados, empobreceram, passando a depender do favor de Joaquim.

Os três planos temporais estão entrecruzados na narrativa e ligados um ao outro por dois elementos. Um deles é o ipê cujo tronco simboliza a morte de José Figueira no boqueirão; o outro é a correspondência de datas envolvendo o boqueirão: 15 de janeiro de 1839, 15 de janeiro de 1850 e 15 de janeiro de 1857. Em 15 de janeiro de 1850, Alice é tragada pelo mesmo boqueirão que 11 anos antes causara a morte do pai de Mário. A cena é narrada como se a vertigem do abismo que acometeu Alice fosse o chamado de Iara, a mãe d'água:

> *Aproximando-se sutilmente da Lapa, a menina se debruçou no parapeito de pedra, para ver a lagoa, porém especialmente a mãe d'água. Seus olhos, depois de vagarem algum tempo pelas margens da bacia, fitaram-se com dobrada atenção no tanque formado pelo rochedo.*
>
> *A princípio ela só viu o espelho cristalino, onde sua imagem se refletia, como o rosto diáfano de alguma náiade. Pouco depois teve um ligeiro sobressalto e, estendendo o colo, murmurou sorrindo:*
>
> *— Lá está!*
>
> *Com efeito se distinguia no fundo do lago, mas vagamente, o busto gracioso de uma moça com longos cabelos anelados que lhe caíam sob as espáduas. A ondulação das águas não deixava bem distinguir os contornos, e produzia na vista uma oscilação contínua.*
>
> *Seria a sua própria imagem que mudara de lugar com seu movimento? Além de aparecer o busto de uma mulher muito distante, tinha a cabeça voltada em sentido oposto.*

Alice quedou-se, com os olhos fixos e imóveis para não perder o menor movimento da fada. Às vezes sentia uma vacilação rápida na fronte; mas era uma impressão fugitiva; passava logo.

Pouco a pouco a figura da mãe d'água, de sombra que era, foi se debuxando a seus olhos. Era de formosura arrebatadora; tinha os cabelos verdes, os olhos celestes, e um sorriso que enchia a alma de contentamento; um sorriso que dava à menina vontade de comê-lo de beijos.

Alice viu a moça acenar-lhe docemente com a fronte, como se a chamasse.

[...]

Não ouviu mais nada, nem se apercebia do lugar em que estava. O lago, o rochedo, as plantas, tudo desaparecera [...]. (Alencar, 1959, p. 661)

A voz narrativa utiliza o folclore para fazer coincidir a data da morte do pai de Mário com o dia em que Alice se lança nas águas por causa da miragem que tivera. José Figueira caíra do despenhadeiro e, por isso, fora tragado pelo redemoinho das águas retidas entre os paredões do rochedo que formavam uma espécie de caverna com fenda na parte superior: o boqueirão. Este não é único momento em que a voz narrativa realiza a incursão na cultura popular, pois os eventos ficcionais da segunda parte do romance agregam a tradição oral pela incorporação de trovas populares referentes aos festejos de final de ano. Desse modo, as tradições do interior são mobilizadas no preparo de doces e na decoração da fazenda para o Natal, data da chegada de Mário após sete anos de ausência, em que estivera no Rio de Janeiro para estudar e, depois, estabelecera-se em Paris para completar sua formação com a obtenção do bacharelado em Engenharia.

Os elementos culturais referentes aos festejos de final de ano servem de contraponto a Mário, que representa o meio urbano por causa dos novos hábitos adquiridos nos anos vividos fora da fazenda. Esse contraponto a estabelecer a diferença no caráter de Mário, arredio e agressivo em 1850 e polido e contido em 1857, é um modo de expressar a mudança de valores que se desenhava no horizonte do país na década de 1870. Isso não significou o Brasil deixar de ser rural, porém já se notava uma alteração no modelo de comportamento, assim como despontavam maneiras outras de resolução de problemas, soluções ligadas, por exemplo, à formação que Mário recebera.

Importante!

Recorrentes na segunda parte de *O tronco do ipê*, as tradições interioranas podem dar a impressão de estarem descoladas dos acontecimentos, ficando o leitor tentado a subtraí-las em favor do fluxo narrativo acerca do mistério sobre a morte do pai de Mário. No entanto, o recurso de a voz narrativa focar os preparativos e festejos de final de ano funciona como registro do ritmo de vida no interior, diferente do ritmo de vida urbano. Esse andamento narrativo mais lento, que torna possível concentrar a atenção em insignificâncias, é também o ritmo que permite a Mário assentar seu conflito interno.

Por sua vez, o enredo de *Til* tem Berta como personagem central; Til é o apelido pelo qual ela é chamada por Brás, personagem que sofre de deficiência mental e é sobrinho de Luís Galvão, fazendeiro de café que guarda segredo de um crime cometido no passado, presenciado pelo amigo de infância João Fera. Este é outra figura central, que integra a galeria das personagens de valentia acentuada, como é o caso do protagonista de *O Cabeleira* e de Manecão, personagem de *Inocência*. Na Fazenda das Palmas moram Luís Galvão, sua companheira D. Ermelinda, os filhos Linda e Afonso e o sobrinho Brás. Zana é a personagem ex--escravizada acometida pela loucura e sob os cuidados de Berta, que vive com Nhá Tudinha e seu filho Miguel em uma pequena propriedade vizinha da fazenda de Luís Galvão.

A presença da valentia no enredo de *Til* é materializada na profissão de matador desempenhada por João Fera, sendo correspondente também à violência como prática constitutiva das relações sociais no meio rural cujo núcleo é a fazenda. Segundo Maria Sylvia de Carvalho Franco (1997), a fazenda é a instituição mobilizadora do apadrinhamento, de modo a gerir um sistema baseado na sujeição do indivíduo pobre e livre, que, a fim de garantir a própria subsistência na ordem escravocrata, é tornado dependente do favor concedido pelo grande proprietário rural. Diversas personagens de *O sertanejo*, *Til* e *O tronco do ipê* entram na órbita da dependência engendrada pelo latifúndio.

> ## Curiosidade
>
> Explicitado na relação entre latifundiários e indivíduos pobres e mediado pelo modo de produção da fazenda, o apadrinhamento é uma prática social que Machado de Assis também expõe em sua obra. Todavia, a prosa de ficção machadiana elege, especialmente, o meio urbano. Levando-se em conta que o apadrinhamento não se restringiu ao meio rural, também é possível identificá-lo como prática ainda ativa em nosso século.

A violência presente na trama de *Til* evoca a figura do herói-bandido, ou seja, o sujeito que, como João Fera, não é escravizado, tampouco pequeno proprietário, razão pela qual não encontra meio de subsistência porque o trabalho na lavoura é considerado encargo de escravizados, e não de indivíduos livres. Esse mecanismo social decorrente da visão do trabalho na ordem escravocrata facilitava a cooptação de indivíduos pobres conhecidos pela valentia para atuarem como capangas dos latifundiários, conforme assinala o narrador de *Til* a respeito de tipos humanos como João Fera:

> *Chamado, pago e protegido por homens poderosos para escoltá-los em aventuras e servir às suas paixões, o Bugre recebeu a iniciativa e a animação que iam acostumando seu braço a ferir e a repousar depois de um crime, como se tivesse praticado uma honrosa façanha, uma valentia digna de valor.*

*Esta é com pouca diferença a história de todos os assassinos in-
corrigíveis, que infestam o interior do país. Eles foram educados
pelos poderosos, como os dogues que se adestravam antigamente
para a caça humana, dando-lhes a comer, desde pequenos, carne
de índio.* (Alencar, 1959, p. 931)

"Desprovida de marcas exteriores, sua sujeição foi suportada
como benefício recebido com gratidão e como autoridade volun-
tariamente aceita, fechando-se a possibilidade de ele nem sequer
perceber o contexto de domínio a que esteve circunscrito" (Franco,
1997, p. 111). A sujeição "desprovida de marcas exteriores" a impli-
car o favor de homens poderosos é compartilhada por diferentes
personagens, sejam eles agregados, como Mário e sua mãe, seja
um capanga, como João Fera, que, ao final de *Til*, arrepende-se
dos crimes cometidos e se regenera ao lado de Berta. A protagonista lhe oferece sua amizade junto com a oportunidade de trabalhar na pequena lavoura de Nhá Tudinha, onde Berta decidira
ficar após a revelação do segredo de Luís Galvão.

Tanto no desfecho de *O tronco do ipê* quanto no de *Til*, os
fazendeiros e suas famílias mudam-se do interior para a capital.
Se, no plano romanesco, tal mudança deriva de traumas situados
no passado de algumas personagens, por outro lado, no plano
social, ilustra a importância que o meio urbano passava a exercer
na vida dos fazendeiros. Estes também começavam a atuar como
homem de negócios, razão pela qual a inserção dos fazendeiros
no aparato estatal se mostrava vantajosa para favorecer seus interesses pessoais. Esse fator, somado à educação formal destinada

aos parentes desses homens de negócios, esclarece o trânsito do rural para o urbano tratado pelo ciclo cafeeiro, presente como pano de fundo nesses dois romances.

Síntese

Neste quarto capítulo, enfatizamos a descrição da natureza nos romances *O gaúcho* e *O sertanejo*, tópico vinculado também à abordagem da simbiose entre herói e paisagem no regionalismo de José de Alencar. A técnica de descrição da paisagem foi esclarecida por meio da tendência genealógica e da visão transfiguradora, conceitos observados por Antonio Candido. De um lado, a visão transfiguradora identificada na estética barroca desdobra-se no tratamento hiperbólico que a natureza recebe nos romances alencarianos, cuja carga metafórica difere *O gaúcho* e *O sertanejo* da objetividade verificada na descrição do sertão em *Inocência*. De outro, a associação do indígena do período pré-cabralino ao indivíduo do sertão, com o propósito de criar uma linhagem nobre para a brasilidade, foi correlacionada à busca das origens do movimento romântico, ou seja, à revisitação do passado histórico e de tradições culturais, como a poesia popular integrada ao enredo de *O sertanejo* pela reescrita do poema *O Rabicho da Geralda*.

Seguindo o raciocínio atrelado à hipérbole com que a natureza é tratada nos romances *O gaúcho* e *O sertanejo*, entendemos o vínculo entre herói e paisagem como forma de elevar os protagonistas dotando-os de habilidades extraordinárias ausentes nos demais indivíduos. Sob esse aspecto, a história romanesca abordada por Northrop Frye foi mobilizada neste capítulo, já que a classificação envolvendo a força de ação do herói promoveu tanto a compreensão da verossimilhança interna à obra como o entendimento da irrealidade referente às situações narrativas nos romances alencarianos.

Por fim, destacamos a manifestação do trânsito do rural para o urbano nos enredos de *Til* e de *O tronco do ipê*. Identificamos o apadrinhamento contido nas relações mediadas pela fazenda no sistema escravocrata, de modo a propiciar a reflexão sobre a presença de personagens dependentes do favor do grande proprietário rural nesses romances. A proximidade entre o tempo da escrita e o tempo da narrativa em ambos foi indicada como fator da manifestação desse trânsito por focar o eixo cafeeiro ativo na segunda metade do século XIX, momento em que os negócios impeliam o fazendeiro e sua família a se integrarem ao meio urbano.

Atividades de autoavaliação

1. Assinale a alternativa que identifica corretamente a personagem descrita pelo narrador de *O tronco do ipê*:

> *"não é parente, nem hóspede, nem criado; mas participa dessas três posições; é um ente maleável que se presta a todas as feições e toma o aspecto que apraz ao dono da casa; [...] se incumbe de suprir quaisquer lacunas, e de apregoar as grandezas [da família do dono da casa]."* (Alencar, 1959, p. 713)

a. Naturalista.

b. Herói.

c. Escravizado.

d. Valentão.

e. Agregado.

2. A respeito da visão transfiguradora e do regionalismo, indique se as afirmações a seguir são verdadeiras (V) ou falsas (F).

( ) A metáfora é um componente presente na distorção da visão, fazendo com que o espaço sertanejo se torne animado.

( ) Consistem na amplificação das características que provoca o desvio em relação à descrição objetiva.

( ) Desfiguram a realidade social nas situações narrativas de *O sertanejo*.

( ) Originados no romantismo, são condizentes com o exagero na descrição da paisagem interiorana.

( ) O tratamento hiperbólico usado na transfiguração da natureza exclui a crítica social na composição dos tipos humanos do interior.

Agora, assinale a alternativa que corresponde à sequência obtida:

a. V, V, F, F, F.

b. V, F, F, V, V.

c. V, V, F, F, V.

d. F, V, V, F, V.

e. F, F, V, V, V.

3. Assinale a alternativa que identifica corretamente a apropriação do folclore realizada por José de Alencar ao incluir *O Rabicho da Geralda* na fabulação de *O sertanejo*:

a. Transcrição da poesia popular.

b. Revisitação da poesia popular.

c. Transfiguração da poesia popular.

d. Reinvenção da poesia popular.

e. Deturpação da poesia popular.

4. Sobre tendência genealógica, indique se as afirmações a seguir são verdadeiras (V) ou falsas (F).

( ) Está relacionada à nobreza inventada acerca do elemento indígena e do sertanejo.

( ) A continuidade genealógica visava ao emparelhamento com a sociedade europeia.

( ) Preserva a pureza da miscigenação porque envolve o indígena pré-cabralino.

( ) Opõe-se ao modelo civilizatório europeu.

( ) Associa-se ao ideal racista da elite brasileira oitocentista.

Agora, assinale a alternativa que corresponde à sequência obtida:

a. V, V, F, F, F.

b. V, F, F, V, V.

c. V, V, F, F, V.

d. F, V, V, F, V.

e. F, F, V, V, V.

5 . Assinale a alternativa que identifica corretamente a técnica de composição da paisagem nos romances alencarianos:

a. Há ausência de subjetividade para fornecer a fotografia do meio natural.

b. O desenvolvimento da proporção grandiosa é feito pela adjetivação do espaço natural.

c. Nos romances em que se identifica o trânsito do rural para o urbano, a carga metafórica desaparece.

d. Fundem-se aspectos românticos, como a animação do meio natural, com aspectos realistas, identificados na relação dos heróis com a natureza.

e. A poesia expressada pelo meio natural depende dos elementos folclóricos tratados na narrativa.

Atividades de aprendizagem

Questões para reflexão

1 . Use sua imaginação para, em primeiro lugar, imaginar-se como alguém que parte do Velho Mundo e entra em contato com o Novo Mundo e descobre, por exemplo, algo inusitado, como o abacaxi de Frei do Rosário. Após o processo de visualização daquilo que aos olhos do viajante parece extraordinário, descreva o objeto visualizado baseando-se na visão transfiguradora. A criatividade é um meio de aperfeiçoamento da habilidade escrita, além de ser uma forma de diversão necessária a quem trabalha com a educação. Vamos lá?

2. Analise a problemática do apadrinhamento como matéria narrativa e como prática social e explique sua relação com a ordem escravocrata.

Atividade aplicada: prática

1. Retome o Quadro 4.1, referente aos modos ficcionais propostos por Northrop Frye, e dê exemplos para cada um dos modos registrados. Leve em conta a necessidade de indicar se há combinação de dois ou mais modos na obra escolhida e aponte se, na combinação identificada, há predomínio de um dos modos.

um	O romantismo alencariano
dois	José de Alencar e o romance histórico
três	A década de 1870 e o regionalismo
quatro	Romance regionalista de Alencar
cinco	**A crítica literária e o romance urbano alencariano**
seis	Leitura(s) em *Lucíola* e em *Senhora*

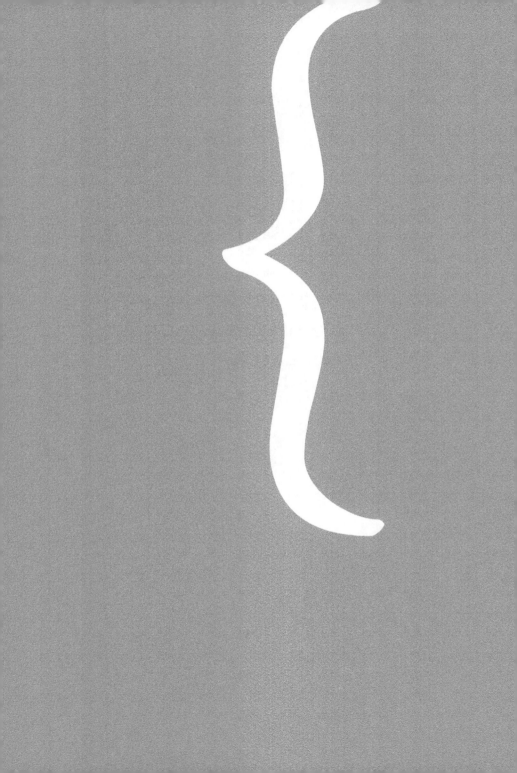

❰ESTE CAPÍTULO TECE diálogos a respeito da recepção crítica do romance alencariano, especialmente os classificados como urbanos, porque neles a narrativa se passa em espaços da cidade do Rio de Janeiro, trazendo à cena a configuração social da qual a pequena burguesia passava a fazer parte. Nesse contexto, surge a crítica ao romance brasileiro realizada por Machado de Assis em *Instinto de nacionalidade* (1873). O texto de Machado foi entrelaçado à história da literatura brasileira escrita por Antonio Candido em *Formação da literatura brasileira* (1959), diálogo estabelecido para efetuar a compreensão das ideias contidas em *Instinto de nacionalidade*, bem como o reconhecimento dos princípios que organizam o caminho crítico de Candido.

O outro diálogo deste capítulo apresenta a perspectiva crítica e teórica de Antonio Candido e a de Roberto Schwarz, orientações que partem de diferentes conceitos para analisar as literaturas de Machado de Assis e José de Alencar. Esse segundo diálogo envolve, de um lado, a especificação das orientações de Candido e Schwarz e, de outro, as características dos romances urbanos de Alencar por meio do contato com *Lucíola* (1862) e *Senhora* (1875), feito, principalmente, com base nos três Alencares mobilizados por Candido na classificação do romance alencariano.

cincopontoum
Machado de Assis e Antonio Candido: um diálogo

Para iniciarmos nossa reflexão, observe o Quadro 5.1, a seguir.

QUADRO 5.1 – OS TRÊS ALENCARES CONFORME CANDIDO

Alencar dos rapazes: heroico	Alencar das mocinhas: quadrilha amorosa	Alencar dos adultos:
O guarani (1857)	*Cinco minutos* (1856)	
As minas de prata (1865-1866)	*A viuvinha* (1857)	
O gaúcho (1870)	*Diva* (1864)	
Ubirajara (1874)	*A pata da gazela* (1870)	
O sertanejo (1875)	*Sonhos d'ouro* (1872)	

FONTE: Elaborado com base em Candido, 2012.

O quadro apresenta uma das colunas em branco. Por quê? Porque tal coluna corresponde a alguns romances urbanos de José de Alencar aos quais nos deteremos. Ao final deste capítulo, você poderá completá-la com os títulos dos respectivos romances na coluna "Alencar dos adultos", adicionando por sua conta e risco as informações que nela devem constar. Afinal, você também é convidado a mostrar seus passos na coreografia da recepção crítica da obra de Alencar, em exibição nas páginas a seguir.

Foi Antonio Candido quem elaborou essa carinhosa e perspicaz classificação dos romances alencarianos. *Carinhosa* por afirmar a qualidade heroica presente na literatura de Alencar, de modo a frisar a capacidade que os romances da primeira coluna têm de insuflar a imaginação do leitor, de fazê-la habitar o sonho pela ação heroica dos protagonistas. Sob tal aspecto, a argumentação contida nas *Cartas a Cincinato* é o indício por meio do qual você já sabe que alguns romances de Alencar foram observados mais pela distorção da realidade referencial e menos pela qualidade sonhadora impressa na realidade dos romances; esse aspecto da crítica de Franklin Távora perdura com variações e sub-repticiamente em uma parcela da crítica literária dos séculos posteriores. Por esse motivo, *carinhoso* foi o adjetivo aqui utilizado para designar a atitude crítica de Candido direcionada aos romances listados na primeira coluna do quadro.

Curiosidade

Antonio Candido (1918-2017) é um dos principais responsáveis pela solidificação da crítica universitária especializada. Sua formação abrange a sociologia e as ciências sociais, esta última a área de sua tese de doutoramento, intitulada *Os parceiros do Rio Bonito* (1954). Esse trabalho versa sobre os meios de vida do caipira paulista, que envolvem a tradição do meio rural e as transformações provocadas pela urbanização no Brasil. Em *Formação da literatura brasileira: momentos decisivos 1750-1880* (1959), nota-se a linha de força da crítica literária de Candido: as relações entre literatura e sociedade.

Contudo, ser carinhoso, ao menos em nossa investigação sobre a obra de José de Alencar, não significa ignorar os desajustes formais presentes na ficção alencariana. Nesse sentido, a atitude crítica de Candido (2012) também é qualificada como *perspicaz*, pois ele observa que os 21 romances escritos por Alencar apresentam diferenças e, mesmo sendo possível distinguir os de maior apelo estético, a comparação de uns romances com outros é inviável porque a produção desse escritor é variada. Ou seja, Candido considera que os romances alencarianos consistem em um *corpus* contraditório por sua feição variada e irregular do ponto de vista da expressão formal, e essa problemática não implica o desabono do voo alto da imaginação do autor de *O guarani*.

Os romances da segunda coluna do quadro exposto inicialmente são classificados como urbanos e, segundo Candido (2012), têm em comum o fato de o motor da narrativa estar concentrado nas personagens femininas, a maioria delas construída conforme a ambiência elegante do salão, espaço burguês focado na diversão em que havia jogos, música e/ou recitais a conduzir o entrosamento dos convivas. Portanto, trata-se de um espaço que favorece o enredo pautado na quadrilha amorosa executada sem obstáculos significativos até a união final do casal. Não nos estenderemos na abordagem desses romances, restringindo-nos ao que já foi registrado, porque mais necessário é aproximar o raciocínio que organiza *Formação da literatura brasileira* com um dos textos críticos mais importantes de Machado de Assis, *Notícia da atual literatura brasileira: instinto de nacionalidade*.

Publicado pela primeira vez em 1873 no periódico *O Novo Mundo*, o texto *Instinto de nacionalidade* apresenta tanto os defeitos quanto os méritos do conjunto de textos da literatura brasileira, englobando o romance, a poesia e o teatro. Um dos pontos nele abordado é a crítica literária entendida como competência profissional. Nesse sentido, Machado de Assis (1972) afirma que a falta de uma crítica literária capaz de manter a constância analítica afetava o desenvolvimento da literatura brasileira, razão pela qual não havia indicação de possíveis caminhos formais baseados na apreciação rigorosa dos textos de ficção produzidos até aquele momento. A importância da atividade crítica especializada era proporcional à condição de nossa literatura, pois, na visão de Machado, a literatura brasileira ainda não se tornara independente; era, por assim dizer, uma literatura em fase de puberdade que inspirava certos cuidados para desenvolver-se e, afinal, conquistar a almejada autonomia em relação a outras literaturas, como a francesa e a inglesa.

Em *Formação da literatura brasileira*, é feita a distinção entre *sistema literário* e *manifestação literária*, diferença fundamentada na presença de autor e receptor e, também, na circulação de obras; a noção de manifestação literária implica o fato de que as obras não circulavam nem havia sua recepção. Candido (2012) considera o arcadismo o marco do estabelecimento do sistema literário, porque nesse período autores, obras e leitores responsáveis pela recepção dos textos consistem em três fatores interdependentes e em ação. Essa configuração de sistema literário condiz com indivíduos mais ou menos conscientes quanto à criação literária por mobilizarem via literatura a ideia de instituir a diferença entre Portugal-Metrópole e Brasil-Colônia.

Vejamos como Machado de Assis se posiciona a respeito da produção árcade:

Nem toda ela [a juventude literária] terá meditado os poemas de O Uraguai e Caramuru com aquela atenção que tais obras estão pedindo; mas os nomes de Basílio da Gama e Durão são citados e amados, como precursores da poesia brasileira. A razão é que eles buscaram em roda de si os elementos de uma poesia nova, e deram os primeiros traços de nossa fisionomia literária, enquanto que outros, Gonzaga por exemplo, respirando aliás os ares da pátria, não souberam desligar-se das faixas da Arcádia nem dos preceitos do tempo. Admira-se-lhes o talento, mas não se lhes perdoa o cajado e a pastora, e nisto há mais erro que acerto. (Assis, 1972, p. 158)

Ao discorrer sobre o uso da cor local e seus antecedentes na literatura brasileira, o alvo da reflexão ensejada no texto crítico de 1873 é: descolorir a nacionalidade. Explicamos. Já que a seleção de elementos locais feita por Santa Rita Durão e por Basílio da Gama era compreendida como fusão entre pátria brasileira e composição poética, Machado de Assis chama a atenção para a obra de Tomás Antônio Gonzaga e indica que a obra deste possivelmente tenha se mostrado muito mais empenhada em tornar independente a literatura brasileira do que a inclusão de elementos locais realizada em *O Uraguai* e em *Caramuru*. Há o alerta sobre a possibilidade de o uso da cor local não significar, necessariamente, o critério de certificação de literatura brasileira.

Isso significa que o instinto de nacionalidade sobre o qual discorre Machado diz respeito à mobilização de elementos formais responsáveis pela expressão do sentimento e de ideias do escritor como observador – analítico – tanto de seu tempo quanto de sua sociedade. Logo, a independência da literatura brasileira frisada em *Instinto de nacionalidade* não é baseada exclusivamente no uso da cor local, e sim na forma que cada escritor cria em relação às ideias de seu tempo e aos hábitos da sociedade na qual está inserido, no intuito de propiciar autonomia à expressão literária.

Pode-se inferir que a chave de leitura sobre o desenvolvimento da literatura brasileira oferecida por Machado de Assis é percebida na cronologia de *Formação da literatura brasileira*, isto é, no marco estabelecido no arcadismo, pois há autores como Tomás Antônio Gonzaga, conscientes (ou quase) sobre o fazer literário. A constituição do sistema literário fez emergir, no período romântico, a exposição crítica, embora ainda realizada de maneira irregular no sentido profissional assinalado anteriormente. Reunidos, esses fatores remetem aos "momentos decisivos 1750-1880" que compõem a obra de Candido, marcando a gestação de nossa literatura do período árcade até o ano correspondente à publicação de *Memórias póstumas de Brás Cubas*. O decênio de 1880 é o momento em que também ressoa a crítica acerca da literatura brasileira feita por Machado de Assis em *Instinto de nacionalidade*, ressonância presente na abordagem de *Formação da literatura brasileira* pelo fato de esta considerar a obra de Machado de Assis o emblema do amadurecimento que envolve a inter-relação entre processo social e forma literária.

Curiosidade

A primeira publicação de *Memórias póstumas de Brás Cubas* data de 1880, no formato folhetim, ou seja, o romance foi publicado aos pedaços na *Revista Brasileira*. Nesse romance, Machado de Assis cria um narrador em primeira pessoa que registra suas memórias após sua morte. Veja bem: não se trata de um narrador morto-vivo, como é o caso do narrador em primeira pessoa do conto *O pirotécnico Zacarias*, de Murilo Rubião (2010). O narrador de *Memórias póstumas de Brás Cubas* é um narrador que se pretende defunto.

Machado dissocia a cor local de nacionalidade, e esse desmembramento indica a fusão entre o local e o universal na fatura literária. Essa é a principal ideia defendida em *Instinto de nacionalidade*, e ela contém a crítica ao romance brasileiro, cuja fabulação ostentava elementos locais para aferir nacionalidade à composição. Isso não significa que Machado tenha ignorado obras cujo arranjo estético primoroso se deu pelo uso da cor local; no entanto, ele destacou uma lacuna na produção literária: o aspecto psicológico das ações dos indivíduos. Nas palavras de Machado de Assis (1972, p. 160): "Pelo que respeita à análise de paixões e caracteres são muito menos comuns os exemplos [de romances brasileiros] que podem satisfazer à crítica; alguns há, porém, de merecimento incontestável". A análise da psicologia humana, ou seja, a análise de paixões e caracteres, é apontada como um componente a ser trabalhado na produção de romances e, conforme observa Machado (1972), é ela o elemento da criação literária que exige do escritor habilidades superiores por consistir na parte mais difícil de construção da ficcionalidade.

Nesse ponto, você poderia questionar sobre o papel da obra de José de Alencar tanto na história da literatura apresentada em *Formação da literatura brasileira* quanto na crítica formulada em *Instinto de nacionalidade*. Como, afinal, a obra alencariana se encaixa no percurso da forma literária situado na sociedade brasileira entre o período de 1750 a 1880?

> ## Importante!
>
> Em *Formação da literatura brasileira*, o amadurecimento da forma literária é entendido como processo com o qual contribuíram vários escritores, tais como Manuel Antônio de Almeida, Joaquim Manuel de Macedo e José de Alencar. Sob esse aspecto, a investigação coletiva acerca do fazer literário entrelaçada à interpretação do Brasil foi também responsável pelo fato de a obra de Machado de Assis consistir no ponto de convergência da independência da literatura brasileira.

E no que diz respeito à crítica de Machado de Assis ao romance brasileiro, que papel a ficção de Alencar nela representa?

O nome do autor de O *guarani* não é citado na parte do artigo referente ao romance; mesmo assim, é possível deduzir que os romances urbanos de Alencar remetem aos dotes de romancista mencionados nesta passagem: "Não faltam a alguns de nossos romancistas qualidades de observação e de análise [...]" (Assis, 1972, p. 160). Observação e análise são qualidades que correspondem à vocação analítica de José de Alencar, destacada por Candido (2012) ao indicar a influência de predecessores na literatura de Machado de Assis.

cincopontodois
Alencar e Machado e Alencar ou Machado: outro diálogo

São muitas as vias pelas quais o conhecimento pode ser construído, e uma delas é o diálogo entre orientações críticas e teóricas distintas, razão pela qual Antonio Candido, Roberto Schwarz e o já mencionado Silviano Santiago aqui comparecem com os respectivos caminhos críticos.

> ## Curiosidade
>
> Além de crítico literário, Silviano Santiago também se desta-cou, ao longo da carreira, como ficcionista e ensaísta, e todas essas habilidades são percebidas em *Machado* (2016), ro-mance sobre os últimos anos de vida do autor de *Memórias póstumas de Brás Cubas*. *Uma literatura nos trópicos* (1978) é o livro em que Santiago apresenta a teoria do entre-lugar como ferramenta de análise focada em gestos de leitura pós-colo-nialistas, isto é, gestos para além do condicionamento asso-ciado à hegemonia cultural europeia.

No segundo capítulo, identificamos aspectos do texto des-colonizado proposto por Santiago, entendendo que o suplemento local condiz com a resposta não etnocêntrica do texto da cultura dependente ao texto da cultura dominante. Vamos avivar essa memória. Ao colocar à vista a máscara social que se beneficia da prostituição em *As asas de um anjo*, Alencar realiza um deslo-camento que permite à sua obra questionar a adoção da cultura afrancesada. Essa resposta articulada com a fabulação marca a diferença – o suplemento local – do texto descolonizado, supe-ração que torna possível a adesão do suplemento local à forma universal. Diante disso, a pergunta a nos interessar é: Por que Silviano Santiago propõe a diferença contida no texto descolo-nizado? Porque Santiago também está respondendo à noção de cópia elaborada por Roberto Schwarz:

O primeiro passo portanto é dado pela vida social, e não pela literatura, que vai imitar uma imitação. Mas fatalmente o progresso e os atavios parisienses inscreviam-se aqui noutra pauta; [...] são ideologia de segundo grau. Chega o romancista, que é parte ele próprio desse movimento faceiro da sociedade, e não só lhe copia as novas feições, copiadas à Europa, como as copia segundo a maneira europeia. [...] Adotando forma e tom do romance realista, Alencar acata a sua apreciação tácita da vida das ideias. Eis o problema: trata como sérias as ideias que entre nós são diferentes; como se fossem de primeiro, ideologias de segundo grau. (Schwarz, 2000, p. 46-47)

Schwarz discorre sobre a importação da forma literária, especialmente o romance realista, e atesta que essa importação é realizada como imitação, caracterizando a noção de cópia. A cópia é percebida em duas instâncias: a primeira ocorre na condução da vida social brasileira, que imita o modo de viver da Europa; a segunda acontece via literatura, porque o texto de ficção apresenta como matéria narrativa a imitação brasileira do contexto europeu e o faz de acordo com o molde do romance europeu. Segundo Schwarz, o escritor brasileiro realiza a cópia da cópia, de modo que ideologias de segundo grau, as que pertencem ao contexto social europeu, passam a ser tratadas como ideias de primeiro grau, ou seja, como se tivessem se desenvolvido no meio material brasileiro. A perspectiva crítica e teórica de Schwarz considera a macroestrutura erigida pelo capitalismo; por esse motivo, o aspecto econômico associado ao modo de produção de bens materiais prevalece na noção de cópia contida no romance alencariano. A ênfase no aspecto econômico destaca, portanto, o tratamento de ideias europeias como se estas fossem ideologia originada em solo brasileiro, no qual se verifica o prolongamento do estatuto colonial pelo regime escravista.

Sob a ótica pós-estruturalista de Silviano Santigo, a noção de cópia é fruto de construção histórica decorrente da dominação cultural responsável pelo sentimento de inferioridade das culturas dominadas em relação à cultura europeia. Dito de outra maneira, a cópia é entendida como imposição cultural derivada do processo de colonização e, por se tratar de imposição cultural, consiste em uma abstração que pode ser desconstruída historicamente. A desconstrução pode ser efetuada, por exemplo, pelo reconhecimento do suplemento local contido no texto descolonizado, constituindo o lugar de fala da cultura dominada.

Já a orientação crítico-teórica de Antonio Candido enfatiza a face sociológica na análise literária, motivo pelo qual se afirmou anteriormente que, em *Formação da literatura brasileira*, processo social e forma literária se correlacionam.

Schwarz foi discípulo de Candido. Embora haja aproximação metodológica entre ambos, o discípulo se afasta do mestre por elaborar outra compreensão sobre o papel das obras de José de Alencar e de Machado de Assis na constituição de nossa tradição literária. Candido (1965) interpreta a formação de nossa literatura pela tensão entre a experiência local, referente ao dado local eleito como matéria narrativa, e a expressão universal, referente ao legado formal da tradição europeia a funcionar como modelo para a criação literária brasileira. Por outro lado, Schwarz utiliza os conceitos de centro e periferia porque sua interpretação do desenvolvimento da literatura brasileira é embasada na dependência cultural, a qual resulta na incorporação da forma literária central europeia e, consequentemente, no caráter acrítico da produção literária que, no caso brasileiro, além de periférica, é também atrelada ao sistema escravista.

Para Candido, o escritor que consegue realizar o equilíbrio entre experiência local e expressão universal é Machado de Assis, já que ele "aplicou seu gênio em assimilar, aprofundar, fecundar o legado positivo das experiências anteriores" (Candido, 2012, p. 437). Logo, o gênio de Machado pressupõe a existência de escritores que propiciaram a visão de erros e acertos relacionando forma literária e interpretação da sociedade brasileira – processo do qual deriva o acúmulo de instrumental expressivo aproveitado por Machado ao se aprofundar na obra dos predecessores. Diferentemente de Candido, Schwarz não frisa as experiências anteriores como determinantes para o acúmulo de substância expressiva, porque sublinha o impasse formal decorrente da convivência de ideias liberais estrangeiras com a ordem escravocrata brasileira. Segundo Schwarz, tal impasse representa a problemática da literatura brasileira que encontrou solução expressiva na literatura de Machado de Assis, por revelar as relações sociais mediadas pelo **mecanismo do favor**: "O favor é, portanto, o mecanismo pelo qual se reproduz uma das grandes classes da sociedade, envolvendo também outra, a dos que têm" (Schwarz, 2005, p. 65).

> ## Importante!
>
> O mecanismo do favor pode ser associado ao apadrinhamento apresentado no capítulo anterior, o qual implica a sujeição do indivíduo pobre e livre que, inserido no sistema escravista, passa a depender do favor concedido pelo latifundiário para sobreviver. Nesse sentido, o prolongamento do estatuto colonial decorrente da ordem escravocrata fez com que esse tipo de comportamento se naturalizasse na organização social brasileira, tornando-se, junto à violência, um componente estrutural de nossa sociedade mesmo depois de abolida a escravidão.

No ponto de vista de Schwarz (2000), o romance urbano de Alencar trata essa problemática no nível temático, ao passo que a prosa de ficção machadiana da segunda fase a resolve no nível formal. Em outras palavras, a questão do favor responsável pela mediação das relações humanas na sociedade brasileira encontra resolução no plano formal na segunda fase da ficção machadiana. Sob essa ótica, o gênio de Machado de Assis encontra-se mais isolado em relação a seu posicionamento na perspectiva de Antonio Candido, apesar de Schwarz não refutar a influência da obra alencariana na obra machadiana. Já Candido (2012) indica sem reticências essa influência, assinalando a vocação da análise social de José de Alencar aproveitada por Machado de Assis.

cincopontotrês
Um adulto Alencar: dois romances

Senhora foi o romance analisado por Schwarz para demonstrar que o mecanismo do favor é contemplado apenas de modo temático na literatura de José de Alencar, não estando presente, portanto, na expressão formal da obra. Esse mesmo romance foi analisado por Candido e, como você pode deduzir, se a orientação de ambos os críticos difere, as conclusões de um e de outro a respeito da obra alencariana apresentam caminhos distintos. Nesse sentido, por meio do diálogo entre diferentes orientações, reunimos elementos suficientes para, agora, pontuar no que consistem as relações entre literatura e sociedade responsáveis por embasar a perspectiva de Antonio Candido. A abordagem de Candido a respeito de *Senhora* evidencia o papel da sociologia na crítica literária pela ênfase do aspecto social na análise das obras.

Sobre o enredo de *Senhora*, por ora, basta considerarmos o seguinte: é focado em um ato de compra e venda cujas partes envolvidas são, de um lado, Aurélia e, de outro, Fernando. Aurélia representa a parte que efetua a compra; Fernando, a parte que representa a mercadoria a ser comprada. O contrato de compra e venda é o núcleo com base no qual ambas as partes interagem no desenrolar das situações ficcionais, por meio das quais o leitor acompanha o comportamento de um casal nas esferas pública e privada. O casal em questão é formado pela parte que compra (Aurélia) e pela parte que se vendeu (Fernando), qualificando o matrimônio entre as personagens como um negócio no qual o amor não tem, ou melhor, não deveria ter lugar cativo.

Conforme Candido (1965), a análise literária compreende a atitude dialética na interpretação de elementos externos e internos, já que a obra de arte não é o reflexo da realidade empírica, tampouco independe do contexto no qual está inserida. Nessa perspectiva crítica, os elementos externos destacados são os aspectos sociais, e os elementos internos dizem respeito à virtual autonomia do texto, cuja estrutura é organizada pelo instrumental do campo literário. Desse modo, o componente social "importa não como causa, nem como significado, mas como elemento que desempenha um certo papel na constituição da estrutura, tornando-se, portanto, interno" (Candido, 1965, p. 4, grifo do original).

Candido demonstra como, em *Senhora*, o componente social referente ao casamento por dinheiro participa da estrutura do texto; nesse sentido, esse romance urbano torna-se exemplo de como o elemento externo – o social – é trabalhado internamente, ou seja, no plano formal, constituindo-se como elemento estrutural do romance. O casamento por dinheiro é, nesse caso, o componente social porque era hábito considerar o matrimônio como um dos negócios a ser realizado pelo indivíduo interessado em ascender socialmente, de acordo com o que pronuncia pelo discurso indireto livre o protagonista de *Senhora*, Fernando Seixas: "Poderia de um momento para outro arranjar um casamento vantajoso, como tinham conseguido muitos que não estavam em tão favoráveis condições" (Alencar, 1965a, p. 687). Essa é a tônica social que faz possível a fabulação de um matrimônio realizado como transação comercial; por esse motivo, *Senhora* é composto por quatro partes: "O preço" (primeira parte), "Quitação" (segunda parte), "Posse" (terceira parte), "Resgate" (quarta parte). As quatro são responsáveis por organizar a estrutura do romance porque representam os movimentos realizados pelo casal para honrar o contrato cujos termos exigem a subtração do amor e a manutenção da aparência de felicidade conjugal.

Tendo isso em vista, Candido (1965) observa que os movimentos de Aurélia e Fernando consistem em um duelo no qual as personagens avançam e recuam por entrevias tortuosas que expõem as feridas íntimas de ambos à medida que o caráter comercial se apossa das relações, situando a dimensão capitalista da desumanização dos indivíduos por meio do contrato selado pelo casal. Desse modo, o componente social não é mero pano de fundo a funcionar como cenário para as brigas conjugais; ao contrário disso, o social é refigurado no duelo dos protagonistas, cuja movimentação transpõe para o plano formal o mecanismo de compra e venda responsável pela organização das quatro partes que estruturam *Senhora*. Logo, o ato de compra e venda não é trabalhado somente de modo temático, pois participa da composição do todo, e essa é a razão pela qual o casamento por dinheiro torna-se interno, visto que o romance é organizado pela ação regida pelo preço, pela quitação, pela posse e pelo resgate. Vida conjugal ou transação comercial? Essa dúvida engendra a ação do casal, e a contradição decorrente da dúvida experimentada pelas personagens ilustra a transposição do componente social para o plano formal configurador da estrutura desse romance.

Outro romance urbano de Alencar em que o dinheiro e as aparências são destacados é *Lucíola*.

> ## Importante!
>
> Em *Lucíola*, é retomado o argumento de *As asas de um anjo* porque o romance enfoca o relacionamento entre uma célebre cortesã e um rapaz recém-saído do interior que estabelece residência na corte. A problemática da prostituição na sociedade contemporânea de Alencar é o ponto de contato entre o texto dramático e o romance urbano. Essa questão recebe tratamento diverso ao ser transposta do texto dramático para a forma romance, porém sem deixar de lado a força dos diálogos presente em *As asas de um anjo*.

Quanto à corrupção da sensibilidade humana envolvendo o dinheiro, identificada em *Senhora*, a apresentada em *Lucíola* assume outra direção por abarcar a prostituição da mulher que, vulnerável pela condição social, tornava-se presa de homens vistos pela sociedade como respeitáveis e de reputação intocada. Conforme já verificamos em *As asas de um anjo*, a prostituta não é condenada pelo comércio que faz de seu corpo, fator também presente em *Lucíola*, pois, no romance, o tema da prostituição é tratado para expor os meios pelos quais a sociedade compactuava com esse tipo de comércio. A fabulação de *Lucíola* é ordenada pela relação entre Paulo, rapaz interiorano, e a cortesã Lúcia. *Lucíola* é o primeiro romance de um conjunto de narrativas designado por José de Alencar de *perfil de mulher*, de que também participam *Diva* e *Senhora*.

> ## Curiosidade
>
> *Diva* foi publicado pela primeira vez em 1864 pela Editora Garnier. A segunda edição data de 1868, e a ela foi incorporado um pós-escrito, no qual José de Alencar replica a recepção crítica de *Lucíola* e *Diva*. No "Pós-escrito à segunda edição de *Diva*", Alencar argumenta sobre a aclimatação de palavras francesas ao uso corrente do português brasileiro, para demonstrar o equívoco da crítica ao indicar o excesso de galicismos em *Lucíola*.

Nesse conjunto de narrativas, sobressai o aspecto psicológico, do qual deriva o comportamento apresentado pelo protagonismo dos perfis femininos. Entre esses perfis femininos, os construídos em *Lucíola* e em *Senhora* são apontados por Candido como reveladores da personalidade adulta do Alencar romancista, uma vez que ambas são narrativas "em que a mulher e o homem se defrontam num plano de igualdade, dotados de peso específico e capazes daquele amadurecimento interior inexistente nos outros bonecos e bonecas" (Candido, 2012, p. 540).

Segundo Candido (2012), o Alencar dos adultos difere dos outros dois Alencares apresentados no início do capítulo, sem, contudo, deixar de aproveitar a força narrativa que ambos detêm;

o Alencar dos adultos abre uma frincha entre os outros dois pela qual é possível acessar ângulos distintos, através dos quais se identifica a diminuição tanto do heroísmo presente no Alencar dos rapazes quanto do idílio amoroso característico do Alencar das mocinhas – diminuição que age em benefício da construção da complexidade experimentada pelas personagens no cotidiano refigurado em romances urbanos como *Lucíola* e *Senhora*.

Síntese

Neste quinto capítulo, o caminho crítico de Antonio Candido foi abordado sob a luz das ideias contidas em *Instinto de nacionalidade*, de Machado de Assis. Os momentos decisivos de nossa literatura apresentados em *Formação da literatura brasileira*, situados entre 1750 e 1880, dialogaram com a exposição crítica de Machado. Tal aproximação promoveu, por um lado, o entendimento das relações entre forma literária e processo social na obra de Candido e, de outro, o reconhecimento da crítica ao romance brasileiro feita em *Instinto de nacionalidade*: ausência de romances em que o centro da criação é a análise da psicologia humana. Logo, entendemos *Instinto de nacionalidade* como fator de independência estética da literatura brasileira, decorrente da capacidade analítica do ficcionista em relação a hábitos sociais e a ideias contemporâneas do escritor, assim como identificamos a influência da obra alencariana na obra machadiana pelo fato de a história da literatura escrita por Antonio Candido acentuar o processo que envolve o acúmulo de instrumental expressivo e a organização social brasileira.

Outro diálogo crítico-teórico trabalhado neste capítulo envolve a perspectiva de Antonio Candido e a de Roberto Schwarz, orientações cuja diferença resulta em entendimentos distintos acerca da tradição interna da literatura brasileira. Schwarz fundamenta o mecanismo do favor ao observar a ficção da segunda fase de Machado de Assis, porque nela identifica a expressão de nossa incongruência social: ideias liberais do chão histórico europeu plantadas em solo escravocrata brasileiro. Já Candido acentua o processo inerente à formação de nossa literatura, ponto de vista em que se nota a correlação da prosa de ficção machadiana da segunda fase com os romances de predecessores, entre os quais se destacam os romances urbanos de José de Alencar, mencionado pela habilidade analítica voltada ao conjunto social.

Nessa trajetória, também destacamos o diálogo entre sociologia e crítica literária por meio da recepção crítica da obra alencariana realizada por Antonio Candido, precisamente a análise de *Senhora*, em que observamos como o componente social passa a atuar como elemento interno, ou seja, o elemento estrutural do romance. Ainda nessa direção, exploramos as três faces de Alencar propostas por Candido ao classificar os romances alencarianos em heroico, o Alencar dos rapazes, focado em protagonistas extraordinários como Manuel Canho, Arnaldo Louredo e Peri; em quadrilha amorosa, concentrada nas protagonistas femininas e na condução dos pares românticos ao *happy end*; em fase adulta, pontuada pelos romances urbanos *Lucíola* e *Senhora*, nos quais as personagens experimentam o amadurecimento da subjetividade relacionado à interiorização de experiências passadas.

Atividades de autoavaliação

1. Indique se as afirmações a seguir são verdadeiras (V) ou falsas (F).

( ) A definição do marco cronológico referente à constituição do sistema literário brasileiro é uma questão de ponto de vista, porque há diferentes orientações críticas.

( ) Autor, receptor e obra são os componentes do sistema literário, em que o autor corresponde ao meio de transmissão da linguagem.

( ) Schwarz distancia-se do posicionamento crítico de Candido por desconsiderar o componente social na análise literária.

( ) Na visão de Schwarz, na Europa as vertentes literárias são formadas em conjunto com o quadro social, ao passo que no Brasil elas são incorporadas pela questão do modismo.

( ) Na concepção literária contida em *Formação da literatura brasileira*, a literatura brasileira é dependente da literatura europeia.

Agora, assinale a alternativa que corresponde à sequência obtida:

a. V, V, F, F, F.

b. V, F, F, V, V.

c. V, V, F, F, V.

d. F, V, V, F, V.

e. F, F, V, V, V.

2. Assinale a alternativa que identifica corretamente o caminho crítico de Silviano Santiago acerca da literatura brasileira:

a. A cópia resulta da importação de modelos estrangeiros tanto pela sociedade quanto pela literatura.

b. A tensão entre o elemento local e a forma universal representa a linha de força da criação literária no século XIX.

c. Centro e periferia são os conceitos operados na indicação de ideologias secundárias no romance urbano alencariano.

d. A dependência cultural decorre do mecanismo de hierarquização que sobrepõe os valores da metrópole aos da colônia.

e. O aspecto social enfatizado na análise literária equivale ao processo sob o qual ocorreu o acúmulo de instrumental expressivo.

3. Indique se as afirmações a seguir são verdadeiras (V) ou falsas (F).

( ) Em *Instinto de nacionalidade*, afirma-se que a psicologia das ações humanas consiste no elemento de composição a sobressair no romance brasileiro.

( ) Machado de Assis nota em *Senhora* a análise da psicologia humana e a menciona como exceção na produção de romances brasileiros.

( ) O uso da cor local difere do instinto de nacionalidade na apreciação crítica sobre a literatura brasileira feita por Machado de Assis.

( ) A crítica literária realizada com rigor é um fator que Machado considera fundamental para o desenvolvimento da literatura brasileira.

( ) O aspecto formal é o componente da criação literária sublinhado em *Instinto de nacionalidade* para dissociar o dado local da pátria.

Agora, assinale a alternativa que corresponde à sequência obtida:

a. V, V, F, F, F.

b. V, F, F, V, V.

c. V, V, F, F, V.

d. F, V, V, F, V.

e. F, F, V, V, V.

4 . Assinale a alternativa que identifica corretamente o mecanismo do favor observado por Roberto Schwarz:

a. Concentra-se na ascensão burguesa prejudicada pelo expediente do apadrinhamento.

b. É uma prática social que entrou em vigor depois de a escravidão ser abolida, por causa da inserção dos ex-escravizados no mercado de trabalho.

c. Envolve a burguesia liberal patriarcal e os indivíduos expropriados economicamente.

d. Torna-se prática social na segunda metade do século XIX, período em que o Brasil se desvencilha da herança colonial por meio da urbanização em curso.

e. Engloba as classes dos escravizados, dos homens pobres livres e dos proprietários rurais.

5. Leia, a seguir, um trecho do "Pós-escrito à segunda edição de *Diva*".

> *Quando saiu à estampa a Lucíola, no meio do silêncio profundo com que a acolheu a imprensa da corte, apareceram em uma publicação semanal umas poucas linhas que davam a notícia do aparecimento do livro, e ao mesmo tempo a de estar ele eivado de galicismos. O crítico não apontava porém uma palavra ou frase das que tinham incorrido em sua censura clássica.*
>
> *Passou.*
>
> *Veio anos depois a Diva. Essa, creio que por vir pudicamente vestida, e não fraldada à antiga em simples túnica, foi acolhida em geral com certa deferência e cortesia. Da parte de um escritor distinto e amigo, o Dr. Múzio, chegou a receber finezas próprias de um cavalheiro a uma dama; entretanto não se pôde esquivar de lhe dizer com delicadeza que tinha ressaibos das modas parisienses. (Alencar, 1965a, p. 401)*

Com base no trecho lido, indique se as afirmações são verdadeiras (V) ou falsas (F).

( ) A indiferença da imprensa diante da publicação de *Lucíola* relatada por Alencar está associada com a temática abordada nesse romance.

( ) Percebe-se a presença da questão relacionada à imitação de romances estrangeiros na notícia publicada sobre *Lucíola*.

( ) Ao sublinhar a "censura clássica", Alencar está se referindo ao rigor de análise, tal qual Machado de Assis ao indicar a crítica literária ideal.

( ) O modismo apontado em *Diva* se deve ao fato de o romance conter "finezas próprias de um cavalheiro a uma dama".

( ) Na visão de Alencar, *Lucíola* e *Diva* apresentam incorreções, muitas das quais identificadas pela presença de galicismos.

Agora, assinale a alternativa que corresponde à sequência obtida:

a. V, V, F, F, F.

b. V, F, F, V, V.

c. V, V, F, F, V.

d. F, V, V, F, V.

e. F, F, V, V, V

Atividades de aprendizagem

Questões para reflexão

1. Reflita sobre a abordagem de *Lucíola* e *Senhora* e apresente ao menos duas características condizentes com esses romances urbanos de Alencar.

2. Na crítica que fez sobre *Iracema* (1862), Machado de Assis evocou a semelhança entre o romance de Alencar e *Atala* (1801), de François-René de Chateaubriand, registrando no corpo do texto uma passagem de *Iracema* e uma de *Atala*, em que Iracema e Atala revelam que estão grávidas aos respectivos amados, Martim e Chactas. Na comparação entre ambos os trechos, Machado de Assis observa haver a expressão da beleza superior em *Iracema*. Nessa comparação, primeiramente foi indicada a semelhança entre o romance brasileiro e o romance francês e,

em seguida, foi sublinhado o atributo que distingue *Iracema* de *Atala*. Explique qual das três orientações críticas abordadas neste capítulo poderia aproximar-se dessa observação feita por conta da semelhança e da distinção entre *Iracema* e *Atala*.

Atividade aplicada: prática

1. Retome o Quadro 5.1, apresentado no início deste capítulo, e complete a terceira coluna com os títulos dos romances a ela pertencentes. Registre também o subtítulo correlacionado ao Alencar dos adultos, conforme a discussão realizada sobre o romance urbano alencariano. Incorpore o quadro à produção de um diário de bordo que relate o conhecimento adquirido neste capítulo.

um	O romantismo alencariano
dois	José de Alencar e o romance histórico
três	A década de 1870 e o regionalismo
quatro	Romance regionalista de Alencar
cinco	A crítica literária e o romance urbano alencariano

seis Leitura(s) em *Lucíola* e em *Senhora*

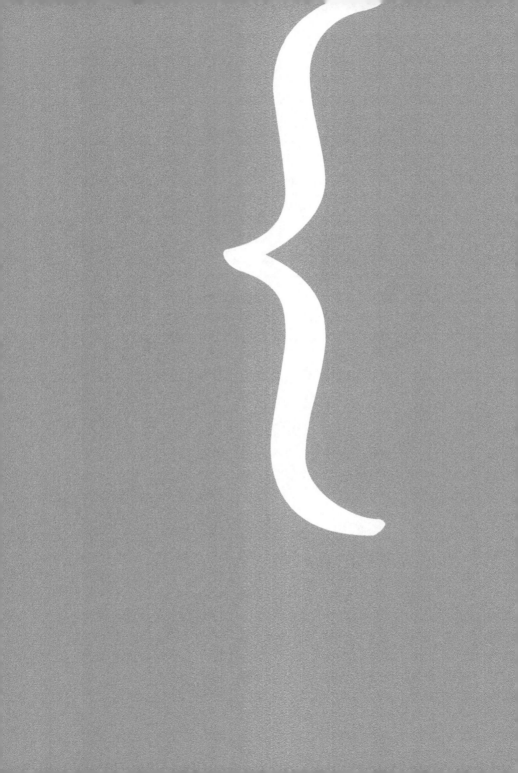

❰A ARGUMENTAÇÃO DE "Benção paterna", prefácio de *Sonhos d'ouro* (1872), é tratada neste capítulo de maneira a ancorar nossa discussão sobre *Lucíola* (1862) e *Senhora* (1875) na concepção literária que José de Alencar apresenta ao elaborar a periodização de seus romances. Com base nos pontos levantados por Alencar nesse prefácio, para responder à crítica que alega a imitação do modelo europeu nos romances urbanos, realizamos a análise da construção dos protagonistas Paulo e Lúcia e Aurélia e Fernando.

A abordagem dos traços dos protagonistas está entrelaçada a aspectos do ideário romântico contidos na composição dos romances, em especial à problemática sobre a sujeição da consciência ao dinheiro, desdobrando-se na coisificação das relações humanas presente em *Lucíola* e em *Senhora*. No primeiro, a leitura de romances franceses ajuda a cortesã brasileira a reconhecer a dualidade que a diferencia da personagem de *A dama das camélias*; no caso do segundo, o duelo conjugal é fruto da transação comercial promovida pelo mercado matrimonial usado como meio de ascensão social.

seispontoum

"Benção paterna": molde europeu e romance brasileiro

Levando-se em conta que o aprofundamento de nossa discussão sobre *Senhora* e *Lucíola* também consiste no encaminhamento da conclusão dos diálogos realizados ao longo do livro, vale a pena voltar ao texto "Benção paterna", citado no capítulo inicial. Nesse texto, os períodos literários indicados por José de Alencar (1965a) são três, os quais compreendem fases do desenvolvimento da literatura brasileira exemplificadas por meio dos romances do autor. O primeiro período é o primitivo e corresponde à *Iracema*, pois contém as lendas da terra aborígene com que se depararam os invasores; o segundo é o histórico, porque concentra o período colonial com o propósito de assinalar o afeto entre terra colonizada e colonizador, vínculo demonstrado em *O guarani* e em *As minas de prata*; o terceiro foi iniciado com a independência e perdura até aquele momento, ou seja, 1872, ano em que *Sonhos d'ouro* foi publicado.

O *tronco do ipê*, *Til* e *O gaúcho* integram esse último período, visto que apresentam tradições culturais do interior consideradas autenticamente brasileiras, mesmo no caso dos romances que já marcam a transição do rural para o urbano, como os dois primeiros. Também situados nesse período, e com características distintas daqueles três, estão os romances urbanos, em cujas narrativas prevalece o espaço da cidade do Rio de Janeiro, no qual "a sociedade tem a fisionomia indecisa, vaga e múltipla, tão natural à idade da adolescência. É o efeito da transição que se opera; e também do amálgama de elementos diversos" (Alencar, 1965a, p. 496). Os elementos diversos destacados em "Benção paterna" consistem na presença de culturas várias no país; a portuguesa e a francesa sobressaem, e também há a alemã, a inglesa, entre outras. A transição é caracterizada pelo contato entre as culturas estrangeiras e a brasileira e é explicada pelo aspecto difuso comum à adolescência de nossa sociedade, em que a forma ainda não está definida. Sob tais aspectos, o traço adolescente é um fator que favorece a influência de civilizações consideradas avançadas sobre a constituição da sociedade brasileira. São esses os pontos enumerados por Alencar (1965a, p. 496), que observa a sociedade "a faceirar-se pelas salas e ruas com atavios parisienses, falando a algemia universal, que é a língua do progresso, jargão eriçado de termos franceses, ingleses, italianos e agora também alemães", para replicar as críticas feitas a seus romances urbanos.

Portanto, é significativa a resposta à crítica que sublinha a feição estrangeira dos romances alencarianos, pois o argumento explorado em "Benção paterna" consiste em mostrar a impossibilidade de o romancista apresentar a fotografia da sociedade brasileira sem a gama cultural que caracteriza o momento de transição nela operado, fase em que os caracteres brasileiros se fundem aos hábitos estrangeiros. Esse *mix* é contemplado, de acordo com Alencar, nos romances *Diva, Lucíola, A pata da gazela* e *Sonhos d'ouro*.

> ## Importante!
>
> "Pós-escrito à segunda edição de *Diva*" (1868), "Pós-escrito à segunda edição de *Iracema*" (1870) e "Benção paterna" (1872) podem ser entendidos como textos-respostas à recepção crítica que apontou incorreções gramaticais e, também, a imitação do modelo francês na obra alencariana. Neles, José de Alencar sublinha questões linguísticas, sociais e literárias identificadas na criação de seus romances.

"Benção paterna" é um texto importante por trazer a concepção literária do autor de *O guarani*, que considera o atributo mimético, isto é, a recriação da realidade cotidiana no romance de modo a dar a impressão de que o leitor esteja diante de um retrato daquela sociedade. A qualidade mimética envolve trabalhar a linguagem literária, responsável pela incorporação da fala dos indivíduos, para que se possa notar, segundo Alencar, a "algemia universal", ou seja, a fusão de vocábulos de diferentes origens em proveito da sonoridade e da criação de imagens e sentidos, agenciando expressividade para o texto de ficção. O autor comenta que incorporar palavras estrangeiras aos romances equivale a realizar a aclimatação, operação em que o elemento estrangeiro é moldado pelas características do ambiente brasileiro. Nesse sentido, o termo *clima* e os vocábulos dele derivados usados por Alencar abrangem o caráter tropical, os costumes, a variedade linguística, enfim, a geografia cultural do Brasil. Vejamos a maneira como é empregado em *Lucíola* um vocábulo inglês:

Tendo registrado no meu budget, *com um simples traço de pena, a importante resolução, saí para matar a sede de ar, de sol e de espaço que sente o homem depois do sono tardio e enervador. Espaciei o corpo pela Rua do Ouvidor; o espírito pelas novidades do dia; os olhos pelo azul cetim de um céu de abril e pelas galas do luxo europeu exposto nas vidraças.* (Alencar, 1965a, p. 262)

Antes de buscarmos esclarecer o propósito de *budget* no trecho destacado, é recomendável examinarmos alguns detalhes relacionados à construção de *Lucíola*. No capítulo anterior, destacamos que esse romance explora o tema da prostituição, já abordado em *A dama das camélias*, e, assim como Alexandre Dumas Filho, Alencar também expôs, em *Lucíola*, a relação entre uma cobiçada cortesã e um rapaz do interior. A personagem Paulo chega ao Rio em 1855. Nesse mesmo ano, José de Alencar corria sua pena em folhetins que registravam as transformações da cidade, as quais, por um lado, impulsionavam o fluxo migratório para a cidade e, por outro, nela introduziam hábitos caros ilustrados "pelas galas do luxo europeu exposto nas vidraças" das lojas da Rua do Ouvidor. Lúcia comercializa seu corpo no contexto de uma sociedade que iniciou o processo de modernização, por isso mesmo a cidade começa a receber, além de estrangeiros, indivíduos como Paulo, que migra do interior para fixar residência no Rio de Janeiro.

Nesse contexto, quando Paulo faz o balanço de seus bens e risca em seu *budget* determinado valor a ser destinado ao pagamento dos serviços de Lúcia, a ação subentende, de um lado, a qualidade de *gentleman* da personagem equivalente ao título de indivíduo civilizado e, de outro, a comparação entre a cortesã e os artigos luxuosos vendidos na Rua do Ouvidor, que subtrai a qualidade humana de Lúcia, transformando-a em objeto. No andamento do enredo, é significativa a mudança que se efetiva no caráter de Paulo mediante a resolução de, "antes de começar a vida árida e o trabalho sério do homem que visa ao futuro, [...] dar um último e esplêndido banquete às extravagâncias da juventude" (Alencar, 1965a, p. 262). Nessa ação, Paulo despede-se da amabilidade de rapaz interiorano presente no capítulo inicial para assumir o cinismo praticado como habilidade social extensivamente aprovada. Ou seja, o ato de riscar um valor na planilha de finanças auxilia a construção de sentidos porque, na fabulação de *Lucíola*, o *gentleman* e seu *budget* correspondem ao cinismo atrelado à falta de senso moral, atitude que revela o fato de um ser humano enxergar outro ser humano como coisa que deve ser usada e descartada conforme a conveniência. Lúcia reage a esse comportamento – visível no corpo social – representado pelas ações de Paulo.

Sob tais aspectos, a construção da simpatia pela personagem cortesã é articulada a procedimentos como o explanado, porque a atitude de Paulo revela a crítica social identificada no comportamento hipócrita, referente à adoção de hábitos estrangeiros, como ostentar uma cortesã e, ao mesmo tempo, preservar a boa reputação diante de seus pares. Nesse sentido, em consonância com a coisificação das relações humanas, a ação de Paulo demonstra a intenção de Alencar em apontar a responsabilidade da sociedade sobre a prostituição. Isso significa que, conforme a concepção literária verificada em "Benção paterna", em *Lucíola* o modelo europeu, precisamente *A dama das camélias*, soma-se à fabulação como uma das camadas de construção da ficcionalidade, e não de modo acrítico.

seispontodois
Lúcia: personagem leitora

A assimilação do modelo europeu pela ficção alencariana é um tópico muito frequentado nos estudos literários e fez parte de nossa investigação no decorrer do livro. Essa questão também foi abordada por Sandra Nitrini (1994), pesquisadora que nota, sobretudo, as semelhanças entre o romance de Alencar e o de Dumas Filho para demonstrar que *Lucíola* não imita *A dama das camélias*, já que as semelhanças entre ambos os romances são frisadas na fabulação de *Lucíola* pelo próprio José de Alencar. A insistência em apontar o vínculo entre o romance brasileiro e o francês consiste em um ato proposital do autor, cujo resultado é o fato de *A dama das camélias* participar da ficcionalidade erigida em *Lucíola*. Segundo Nitrini (1994), a relação entre o par romântico Marguerite e Armand integra a construção discursiva de *Lucíola* porque a cortesã brasileira projeta-se na leitura de *A dama das camélias*, de modo a reconhecer a diferença existente entre ela e Marguerite.

O entendimento da abordagem de Nitrini depende do esclarecimento de alguns recursos expressivos presentes em *Lucíola*, tendo em vista que esse romance difere da maioria dos romances alencarianos que apresentam narrador onisciente em terceira pessoa. O narrador de *Lucíola* é em primeira pessoa; Paulo é o narrador-protagonista a relatar as memórias da relação que tivera, seis anos antes, com Lúcia. O relato de Paulo vem à luz por meio de correspondência trocada com uma senhora que assina G. M., assinatura identificada em uma nota registrada antes do início do romance e dirigida a Paulo, o autor das memórias. Na nota, G. M. explica ao autor das memórias o trabalho realizado como editora responsável por publicar o texto dele na forma de romance. Ao ler um trecho da nota, reproduzida a seguir, você compreenderá o procedimento usado por José de Alencar para apresentar ao público o perfil da cortesã Lúcia.

> *Reuni as suas cartas e fiz um livro.*
>
> *Eis o destino que lhes dou; quanto ao título, não me foi difícil achar.*
>
> *O nome da moça, cujo perfil desenhou com tanto esmero, lembrou-me o nome de um inseto.*
>
> *Lucíola é o lampiro noturno que brilha de uma luz tão viva no seio da treva e à beira dos charcos. Não será a imagem verdadeira da mulher que no abismo da perdição conserva a pureza da alma?* (Alencar, 1965a, p. 229)

O amor entre uma prostituta e um rapaz da sociedade pode não chocar tanto os leitores dos dias atuais, concorda? Vale a pena lembrar que estamos tratando de um romance brasileiro do século XIX. Usar a voz de uma senhora já avó, uma mulher de família, para apresentar o caso amoroso narrado em *Lucíola* consiste em uma estratégia para abonar a experiência da cortesã, visto que as memórias de Paulo incluem situações narrativas ousadas para os costumes da época. Portanto, a nota de G. M. prepara o leitor para os atos, por assim dizer, transgressores contidos no livro. O nome com que G. M. intitula o romance é o primeiro indício do contraste entre luz e treva traduzido pela dualidade de Lúcia, que Paulo-narrador percebe sem, contudo, conseguir compreender:

> *A noite a vira bacante infrene, calcando aos pés lascivos o pudor e a dignidade, ostentar o vício na maior torpeza do cinismo, com toda a hediondez de sua beleza. A manhã a encontrava tímida menina, amante casta e ingênua, bebendo num olhar a felicidade que dera, e suplicando o perdão da felicidade que recebera.* (Alencar, 1965a, p. 262)

O contraste entre luz (manhã) e treva (noite) é novamente empregado na caracterização de Lúcia. A dualidade é constitutiva da cortesã de Alencar, e esse contraste remete à convenção romântica em que a heroína é construída pelo **conflito entre o espiritual e o mundano**, embate no qual o amor é tensionado pelos polos da sublimação sexual e da entrega carnal. A experiência amorosa corresponde ao dilaceramento da heroína romântica, encurralada entre o amor casto e o desejo sexual. No caso de Lúcia, a dualidade é originada no passado, no motivo pelo qual ela foi obrigada a se prostituir, passando, a partir desse acontecimento, a assumir a identidade da cortesã mais desejada do

Rio de Janeiro. No entanto, há outra identidade adormecida sob a pele da cortesã, que Paulo nota na primeira vez que avista Lúcia: "— Que linda menina! [...] Como deve ser pura a alma que mora naquele rosto mimoso!" (Alencar, 1965a, p. 234). Desse modo, a treva e a luz simbolizadas no inseto com que G. M. nomeia o romance consistem no conflito que Lúcia reconhece em si, gradualmente, à medida que se relaciona com Paulo.

De acordo com Nitrini (1994), a dimensão desse conflito é percebida por Lúcia ao ler os romances franceses, entre eles *A dama das camélias*, porque, ao lê-lo, ela é capaz de distinguir a relação de Armand e Marguerite de seu relacionamento com Paulo, entendendo que não enxerga o amor do mesmo jeito que o pratica a cortesã francesa. Ao conversar com Paulo sobre as personagens Armand e Marguerite, Lúcia afirma que a cortesã francesa não ama e justifica o pensamento com este argumento: "Dando-lhe o mesmo corpo que tantos outros tiveram! Que diferença haveria então entre o amor e o vício? Essa moça não sentia, quando se lançava nos braços de seu amante, que eram os sobejos da corrupção que lhe oferecia?" (Alencar, 1965a, p. 292). Nessa passagem do diálogo entre os protagonistas, Lúcia separa o prazer do corpo da pureza de alma, concebendo o amor como um sentimento ligado à inocência, logo, não corrompido pela promiscuidade. A compreensão que a personagem apresenta ao ler *A dama das camélias* ilustra o conflito entre o espiritual e o mundano contido em Lúcia no momento em que ela decide regenerar-se da vida de cortesã, à qual se lançou por causa de um motivo nobre oculto em seu passado.

No processo de regeneração, a outra identidade vem à tona, pois Lúcia confidencia a Paulo seu nome de batismo: Maria da Glória. Não somente o nome muda; também é modificado o estilo de vida – a personagem despede-se das roupas e dos adereços luxuosos e vai morar no entorno da cidade, em uma área mais campestre do que urbana. A mudança e o contato com a natureza são responsáveis por moldar a inocência que Lúcia sacrificara no passado, proporcionando à nova vida outro tipo de êxtase, oposto ao prazer carnal porque associado à presença da esfera divina na experiência humana:

> *Quando a noite estava bonita, íamos [...] gozar da frescura das árvores e da água corrente. [...] Assim caminhávamos, quase sempre mudos e silenciosos, contemplando a beleza das cenas que se desenrolavam aos nossos olhos, ou absorvidos em nossos pensamentos íntimos.* (Alencar, 1965a, p. 319)

Expressado pelo silêncio a promover a conexão com o espiritual e, por consequência, a elevação que possibilita o acesso ao mundo interior, o estado contemplativo descrito por Paulo é nuclear no desenvolvimento do(s) romantismo(s). A consciência histórica trazida à luz nos primórdios do movimento romântico rompeu com a atemporalidade característica da Antiguidade e colocou em seu lugar o marco temporal cuja linha divisória é o cristianismo. Nesse sentido, o ideário romântico é embasado em um fluxo temporal em que há o exílio voluntário no passado, o desejo colocado no futuro e a incontornável angústia do presente – tripartição traduzida nesta passagem do romance *A confissão de um filho do século*, de Alfred de Musset:

> *Três elementos dividiam, então, a vida que se oferecia aos jovens: atrás deles, um passado para sempre destruído, agitando-se ainda sobre suas ruínas, com todos os fósseis dos séculos do absolutismo; diante deles, a aurora de um imenso horizonte, as primeiras claridades do futuro; e, além desses dois mundos... algo semelhante ao oceano que separa o velho continente da jovem América, algo vago e flutuante, um mar tempestuoso e pleno de naufrágios, atravessado vez ou outra por alguma vela branca distante ou por algum barco soprando um pesado vapor, o século presente, em uma palavra, que separa o passado do futuro, que não é nem um nem outro e que, ao mesmo tempo, se assemelha a ambos, e onde não se sabe, a cada passo dado, se se anda sobre uma semente ou sobre um escombro. (Musset, 2016, p. 20)*

A consciência histórica trazida à luz no período romântico compreende o tempo não mais como elemento eternamente imóvel, e sim como componente contido na dinâmica das transformações sociais. A tripartição é também responsável pelo caráter filosófico e poético das obras românticas, nas quais a subjetividade está intimamente ligada à contemplação advinda do reconhecimento do ritmo interno e individual, bem como da afirmação da capacidade reflexiva do indivíduo. Sob tais aspectos, de acordo com Arnold Hauser (1972, p. 822), a sensibilidade romântica reconhece "no Cristianismo a grande linha divisória da história do Ocidente", nela descobrindo "a comum natureza 'romântica' de todas as culturas individualistas, reflexivas, inquisitivas, derivadas do Cristianismo".

> ## Importante!
>
> A reflexão teórica e poética que o primeiro romantismo alemão apresenta sobre a atividade imaginativa do indivíduo estabelece novo entendimento sobre o ato de ler. A produção desse romantismo atribuiu tanto ao autor quanto ao leitor a responsabilidade pela construção do texto. A obra romântica caracteriza-se pela participação criativa e reflexiva do leitor na recepção do texto, qualificando-o, assim, como criador.

Se formos ousados e sensíveis como o foram os românticos, podemos associar a poética passagem de Musset com o trecho no qual Lúcia e Paulo mostram-se reflexivos ao mesmo tempo que contemplam a natureza, pois não é exagero comparar a tripartição apresentada por Musset ao processo de regeneração da ex-cortesã, uma vez que o microcosmo dos protagonistas de *Lucíola* contém as ruínas do passado de Lúcia, um raiar do futuro como lugar habitado com Paulo e, também, a incerteza do presente, em que ambos, a cada passo, não sabem se andam "sobre uma semente ou sobre um escombro" (Musset, 2016, p. 20).

É de se notar o papel fundamental desempenhado pela natureza na (re)ligação da ex-cortesã com a identidade de batismo, com o nome associado aos ritos do cristianismo, já que Maria da Glória é a identidade que explicita a relação de Lúcia com Nossa Senhora da Glória, que, por sua vez, faz remissão não somente à ascensão da alma de Maria, mãe de Jesus, como também à elevação do corpo físico da Mãe Santíssima ao céu. Além dos romances franceses, a natureza igualmente realiza a mediação do encontro de ambas as identidades na regeneração da protagonista. Dessa forma, já identificada no romance regionalista, a **oposição entre campo e cidade** retorna em nossa discussão sobre o romance urbano por outro viés, o qual mostra o espaço campestre associado à inocência que dispensa o prazer carnal na experiência amorosa. Nesse sentido, a natureza é o lugar em que a corrupção humana pode ser esquecida em prol da edificação da virtude; logo, a natureza cumpre a função de religar a ex-cortesã à inocência perdida, integração que não seria possível no espaço da cidade, associado à degradação da sociedade consumida em ganância, condição na qual é mais importante o verbo *ter* do que o verbo *ser*.

> ## Importante!
>
> Na oposição entre campo e cidade, reverbera a concepção poética apresentada no já mencionado *O gênio do cristianismo*, de François-René de Chateaubriand, em que a integração com a esfera divina é instigada pela poesia derivada da mitologia cristã. Segundo Alencar, essa concepção poética corresponde ao espírito da poesia moderna, isto é, "em tudo há o belo, que não é outra coisa senão o reflexo da divindade sobre a matéria" (Alencar, 2007, p. xi, grifo do original).

Voltando ao ato de ler com o qual iniciamos o mapeamento das características composicionais de *Lucíola*, podemos afirmar que a leitura de *A dama das camélias* realizada pela protagonista faz com que a cortesã seja leitora de Maria da Glória. Parece-lhe complicado? Descompliquemos. Ler a si próprio é uma das maravilhas que a leitura oferece à experiência dos indivíduos, constituindo uma dimensão da formação sentimental humana, a qual também está presente na realidade do romance experimentada pelas personagens. Sob esse aspecto, José de Alencar utilizou a própria formação de leitor para agregar à construção de seu romance os livros que lera e, nesse ato criativo, as "leituras adquirem estatuto de ficção, ao serem feitas pelas personagens" (Nitrini, 1994, p. 137). O autor de *Senhora* oferece ao leitor de *Lucíola* a possibilidade de ler a si próprio, para entender, por exemplo, se compactua ou não com a sociedade da época.

seispontotrês
Aurélia: vertigem dos passos

O ato de ler também participa da construção discursiva dos protagonistas de *Senhora*, melhor ainda, há a leitura de um romance brasileiro atuando como componente da ficcionalidade. E o romance em questão é *Diva*, de autoria do próprio José de Alencar! Ao conversar com um senhor que lera *Diva* e o criticara porque o perfil feminino nele apresentado pareceu-lhe inverossímil, Aurélia discorda do posicionamento enunciado: "Sei de uma moça... Se alguém escrevesse sua história, diriam como o senhor: 'É impossível! Esta mulher nunca existiu.' Entretanto eu a conheci" (Alencar, 1965a, p. 800). Na resposta dada, Aurélia afirma que a inverossimilhança é fruto da realidade experimentada, e não exclusividade da ficção, reconhecendo ser sua própria história algo impossível de ter acontecido; com o reconhecimento de que a realidade supera a ficção no tocante à inverossimilhança dos acontecimentos, entende-se que o inverossímil é o responsável pela união dela com Fernando. Desse modo, a noção de realidade é questionada pela personagem de ficção, subversão que coloca o foco na realidade conjugal dos protagonistas: casal de apaixonados que, ao contrário do que se esperaria, dia a dia, inverossimilmente se envenenam pelo fato de estarem juntos.

Nesse sentido, vale a pena entrarmos em contato com esse outro perfil de mulher criado por José de Alencar, o de Aurélia, protagonista de *Senhora*, no momento em que a personagem se deixa levar:

Fernando arrependia-se de ter cedido ao desejo da mulher e começava, ele um dos impertérritos valsistas da Corte, a recear a vertigem.

Seu olhar alucinado pelas fascinações de que se coroava naquele instante a beleza de Aurélia, tentou desviar-se e vagou pela sala. Voltou porém atraído pela força poderosa e embebeu-se no êxtase da adoração.

Quando a mão de Aurélia calcava-lhe no ombro, transmitindo-lhe com a branda e macia pressão o seu doce calor, era como se todo seu organismo estivesse ali, naquele ponto em que um fluido magnético o punha em comunicação com a moça.

[...]

Aurélia não consente, como outras, que seu cavalheiro a conchegue ao peito. Entre os bustos de ambos mantém-se a distância necessária para que não se unam com o volver da dança [...].

[...]

Se um retraimento lascivo, peculiar à raça felina, imprimia ao dorso de Aurélia uma flexão ondulosa, que dilatando-se no abalo nervoso, brandia o corpo esbelto, essa vibração elétrica repercutia em todo o organismo de Seixas.

Era uma verdadeira transfusão operada pelo toque da mão da moça no ombro do marido, e da mão dele na cintura dela; mas sobretudo pelos olhos que se imergiam, e pelas respirações que se trocavam.

[...]

Neste deleite em que se engolfava, teve Seixas um momento de recobro, e pressentiu o perigo. Quis então parar, e pôr termo a essa prova terrível a que a mulher o submetera, certamente no propósito de o render ao seu império, como já uma vez o fizera, naquela noite do divã, noite cruel de que ainda conservava a pungente recordação.

Para preparar a parada, conteve a velocidade do passo. Percebeu Aurélia o leve movimento, se não teve a repercussão do pensamento do marido, antes que este o realizasse. Os lábios murmuraram uma palavra súplice:

— Não! (Alencar, 1965a, p. 812-813, grifo nosso)

À leitura dessa passagem soma-se a leitura da imagem a seguir, de uma mulher entregue ao devaneio depois de ter lido a correspondência trocada entre dois amantes, Abelardo e Heloísa, cuja história amorosa ocorrida na Idade Média inspirou escritores e poetas de séculos posteriores. O arrebatamento da leitora das cartas de amor trocadas pelos apaixonados Abelardo e Heloísa seria parecido ao seu derretimento quando a pessoa de seu coração se revela em seu pensamento?

FIGURA 6.1 – *SENHORA LENDO AS CARTAS DE HELOÍSA E ABELARDO*

BERNARD D'AGESCI. Senhora lendo as cartas de Heloísa e Abelardo. c. 1780. Óleo sobre tela: color.; 81,3 × 64,8 cm. Art Institute of Chicago, Estados Unidos.

Os mesmos sintomas apresentava o leitor do século XIX, que, sem a possiblidade de recorrer a redes sociais e a aplicativos de encontro, encontrava na leitura de romances um meio de lançar-se a territórios que o decoro social não lhe permitia explorar. A valsa dançada por Aurélia e Fernando, em cujos passos transparece o amor reprimido que ambos sentem, é o canal narrativo pelo qual o leitor daquela época podia extravasar a vontade de entregar-se, inclusive, ao desejo manifestado "sobretudo pelos olhos que se imergiam, e pelas respirações que se trocavam".

Enquanto Fernando e Aurélia dançam, usemos o procedimento de corte de nosso já conhecido romance-folhetim, para que o clímax anunciado pelos protagonistas de *Senhora* mantenha em suspensão a atenção do leitor. Usemos, também, o recurso do *flashback*, para lembrar o enredo desse romance, cujas partes são "O preço" (primeira parte), "Quitação" (segunda parte), "Posse" (terceira parte) e "Resgate" (quarta parte), observando que a passagem anterior pertence à última parte. No episódio anterior, ou melhor, no capítulo anterior, comentamos que Fernando Seixas e Aurélia firmaram um contrato de compra e venda no qual Aurélia é a compradora e Fernando é a mercadoria comprada. Essa é a razão de o todo ser estruturado pelas quatro partes que fazem remissão ao contrato de compra e venda. A transação comercial entre ambos foi possível pelo componente social correspondente ao mercado matrimonial, prática responsável por naturalizar a ascensão social por meio do casamento, não importando, nesse negócio, os sentimentos dos indivíduos envolvidos.

O mercado matrimonial está associado à coisificação das relações humanas já identificada em *Lucíola*, e ambos os assuntos se integram ao *topos* da corrupção da sensibilidade pelo dinheiro. A respeito dessa linha de força do(s) romantismo(s), é necessário ressaltar que é constituída pela rebeldia, traço que, muitas vezes, fica soterrado sob o sentimentalismo superficial que também caracteriza a produção literária do período romântico.

O núcleo filosófico e poético do movimento romântico exerce a rebeldia em oposição à mecanização instaurada pelo advento do capital, motivo pelo qual, na obra romântica, a sensibilidade e a reflexão individual agem de forma crítica ao utilitarismo do modo de vida burguês. De certa maneira, essa rebeldia transparece no que Antonio Candido (1965, p. 6) descreve como "cenas de avanço e recuo" em *Senhora*, movimentação pela qual é constatada a alternância de posição dos protagonistas no desenrolar do enredo.

Observa-se que os passos executados na vida conjugal de Aurélia e Fernando assemelham-se aos da valsa que os deixa à beira da vertigem: prestes a sucumbir ao desejo do coração, mas machucados demais para deixar de lado as mágoas mútuas.

Como, afinal, os protagonistas chegaram a esse ponto?

O desejo de possuir dinheiro sem considerar a consciência relacionada ao meio de ganhá-lo é o motivo pelo qual Aurélia se vinga de Fernando, pois ele rompera com ela para se comprometer com um casamento financeiramente vantajoso. Depois disso, Aurélia ganha uma herança que lhe possibilita comprar um marido, Fernando, com a intenção de humilhá-lo ao lhe oferecer vida luxuosa, porém seca de afeto. Tão obstinada é Aurélia em vingar-se, fazendo Fernando reviver a paixão sentida por ela por meio da lembrança do noivado e do rompimento de ambos, quanto é Lúcia em regenerar-se da vida de cortesã, evitando o contato sexual com Paulo.

O fato de o dinheiro ser o motor das ações humanas implica a valorização do ter em detrimento de ser, condição que o narrador de *Senhora* demonstra ao descrever os objetos da casa e do vestuário das personagens. Seixas, por exemplo, é apresentado ao leitor pelos objetos necessários à manutenção da aparência no meio social:

> *A tábua da cômoda era um verdadeiro balcão de perfumista. Aí achavam-se arranjados toda a casta de pentes e escovas, e outros utensílios no toucador de um rapaz à moda, assim como as mais finas essências francesas e inglesas, que o respectivo rótulo indicava ter saído das casas do Bernardo e do Louis.*
>
> *A um canto do aposento notava-se um sortimento de guarda-chuvas e bengalas, algumas de muito preço. Parte destas naturalmente provinha de mimos, como outras curiosidades artísticas, em bronze e jaspe, atiradas para debaixo da mesa, e cujo valor excedia decerto ao custo de toda a mobília da casa.*
>
> *Um observador reconheceria nesse disparate a prova material de completa divergência entre a vida exterior e a vida doméstica da pessoa que ocupava esta parte da casa.* (Alencar, 1965a, p. 679)

Antes mesmo de o protagonista aparecer, o narrador descreve o interior da casa na qual Fernando mora com a mãe e a irmã, para expor o contraste entre a condição econômica nada confortável da família e os caros objetos e trajes de Fernando, cuja situação financeira não permitia tal extravagância. A desistência do noivado foi embasada na manutenção desse tipo de vida, em que o "rapaz à moda" frequenta os lugares em voga e casas de famílias influentes, por isso a personagem trajava-se com a intenção de aparentar-se aos "cavalheiros dos mais ricos e francos da Corte" (Alencar, 1965a, p. 679), mesmo que isso significasse sacrificar o amor que sentia por Aurélia e, também, as economias da mãe e da irmã. Já a relação de Aurélia com o dinheiro é bem diferente, e o narrador a esclarece desde o primeiro capítulo:

> *Convencida de que todos os seus inúmeros apaixonados, sem exceção de um, a pretendiam unicamente pela riqueza, Aurélia reagia contra essa afronta, aplicando a esses indivíduos o mesmo estalão.*
>
> *Assim costumava ela indicar o merecimento relativo de cada um dos pretendentes, dando-lhes certo valor monetário. Em linguagem financeira, Aurélia cotava os adoradores pelo preço que razoavelmente poderiam obter no mercado matrimonial.* (Alencar, 1965a, p. 664)

Ao estampar já de saída a brincadeira um tanto sarcástica praticada por Aurélia com seus pretendentes, não parece tão descabida a ideia de propor um casamento de fachada como negócio rentável a Seixas. Negócio realizado, os dois estão a valsar na quarte parte do romance, depois de terem duelado cada qual com suas armas e limitações. Aurélia, percebendo que a paixão dela renascia a cada dia por causa da convivência de ambos, luta contra esse sentimento, e isso faz com que ela acentue a humilhação do marido com todo o luxo e a deferência social que o dinheiro compra, ao passo que Fernando se emenda e, a despeito da riqueza da esposa, adota modo de vida austero, em que a sobriedade e o trabalho lhe permitem juntar a soma necessária para restituir o valor recebido a Aurélia e, assim, desfazer o vexaminoso negócio.

Eis um dos momentos em que se nota o duelar do casal, retratando o retraimento, o avanço e o desvio presentes na movimentação da valsa dançada pelos protagonistas na quarta parte do romance, em que Fernando efetua o resgate da dívida matrimonial devolvendo o dinheiro que recebera pelo casamento:

> — Já vê que sou *exato e escrupuloso na execução do contrato. Conceda-me ao menos este mérito. Vendi-lhe um marido; tem-no à sua disposição; como dona e senhora que é. O que porém não lhe vendi foi minha alma, meu caráter, a minha individualidade; porque essa não é dado ao homem alheá-la de si, e a senhora sabia perfeitamente que não podia jamais adquiri-la a preço d'ouro.*
>
> — *A que preço então?*
>
> — *A nenhum preço, está visto, desde que o dinheiro não bastava. Se me der o capricho para fingir-me sóbrio, econômico, trabalhador, estou em meu pleno direito; ninguém pode proibir-me essa hipocrisia, nem impor-me certas prendas sociais, e obrigar-me a ser à força um glutão, um dissipador e um indolente.*
>
> — *Prendas que possuía quando solteiro.*
>
> — *Justamente, e que me granjearam a honra de ser distinguido pela senhora.*
>
> — *É por isso que desejo revivê-las.* (Alencar, 1965a, p. 772-773)

Há outros momentos como esse, em que as personagens estão armadas e revezam-se no ataque e na defesa em uma dinâmica que quase não apresenta pausas. Tal movimentação as impede de enxergar uma saída, pois Aurélia e Fernando sabem – no íntimo – terem ido por atos e palavras longe demais, de modo que a ferida sentimental aberta tanto nele quanto nela cria a distância a impedir que algo bom e saudável possa se desenvolver entre ambos. Essa experiência faz os protagonistas amadurecerem, e processo similar ocorre com Paulo e Lúcia; a trajetória desses quatro protagonistas consiste no traço marcante do Alencar dos adultos verificado em *Lucíola* e em *Senhora*, romances em que "a mulher e o homem se defrontam num plano de igualdade" (Candido, 2012, p. 540). Sob esse aspecto, em cada Alencar observado por Candido, os protagonistas foram criados para fins distintos. A diferença entre os protagonistas de *Senhora* e *Lucíola* e os dos romances abordados nos capítulos anteriores não é precisamente qualitativa, porque os heróis de *O guarani* e o de *As minas de prata* foram criados com outra intenção. Peri e Estácio não necessitam de profundidade psicológica em sua construção, pois o heroico é o elemento necessário ao desenvolvimento de enredos pautados conforme a convenção da história romanesca, nos quais os protagonistas são destinados a realizar feitos extraordinários. Já na construção dos pares Paulo e Lúcia e Aurélia e Fernando, a complexidade decorre também da ambiência urbana à qual estão integrados.

Por fim, a ênfase na psicologia das ações humanas permite às personagens de ambos os romances urbanos reconhecer as próprias limitações pelo aprendizado que lhes cabe segundo a experiência do passado. O amadurecimento interno das personagens de *Lucíola* e de *Senhora* atende à necessidade de o romancista expressar a fisionomia da sociedade pelo trabalho realizado com a linguagem; o social não atua como pano de fundo da obra, e sim como elemento estrutural a conferir os possíveis sentidos, também revelados pelo engajamento criativo e crítico do leitor, que, desde o movimento romântico, passa a participar da construção do texto no ato da leitura.

Síntese

Neste sexto e último capítulo, sondamos em *Lucíola* o tema da prostituição, tratado pelo autor com o propósito de chamar a atenção para a hipocrisia que possibilitava o aliciamento da mulher vulnerável pela condição social. Já em *Senhora*, focamos a problemática do mercado matrimonial. Ambas as temáticas foram abordadas à luz da convenção romântica relacionada ao *topos* da corrupção da sensibilidade pelo dinheiro, linha de força que caracteriza a oposição romântica ao utilitarismo burguês.

Nossa análise destacou a aclimatação do modelo europeu por meio dos períodos literários explanados por José de Alencar em "Benção paterna". Tal aclimatação foi abordada pelas relações estabelecidas entre *Lucíola* e *A dama das camélias*, exemplificadas, por um lado, na caracterização do cinismo de Paulo como extensão da hipocrisia social e, por outro, nas semelhanças entre o romance de Alencar e o de Dumas Filho. Tendo isso em vista, Nitrini (1994) observa que o processo de criação de Alencar incluiu a leitura – do romance francês pela personagem alencariana – como configuradora do estatuto ficcional, também responsável pela construção da dualidade de Lúcia, traço de seu perfil que apresenta o conflito entre o espiritual e o mundano característico das heroínas românticas.

O casamento por dinheiro é outro tema que atravessa a produção do(s) romantismo(s). Em *Senhora*, podemos ver como o mercado matrimonial envolve a valorização do ter em detrimento do ser, comportamento ilustrado pela descrição de trajes e objetos com os quais o narrador alencariano costura as situações narrativas, as quais Candido (1965) descreveu como duelo levado a cabo por Fernando e Aurélia mediante as condições estabelecidas no contrato de compra e venda por eles acordado. Nesse percurso em que a leitura de si e a leitura do outro ocorreram simultaneamente, notamos no que consiste o amadurecimento interior ou, ainda, a análise psicológica aplicada à construção dos protagonistas de *Senhora* e de *Lucíola*.

Atividades de autoavaliação

1. Chateaubriand, Lamartine, Beaumarchais, Hoffmann, La Sege, Musset são alguns autores que fazem parte da formação de leitor de José de Alencar, escritor que utiliza a leitura realizada pelas personagens como elemento de construção da ficcionalidade. Considerando esse aspecto, assinale a alternativa que se relaciona ao ato de ler romances franceses em *Lucíola*:

a. Afirmação da indiferença da sociedade brasileira ao modismo parisiense.

b. Assimilação acrítica do modelo europeu.

c. Negação da influência de *A dama das camélias* na fabulação de *Lucíola*.

d. Exposição da dualidade da cortesã brasileira.

e. Identificação das semelhanças entre Marguerite e Lúcia.

2. Leia o trecho a seguir de "Benção paterna" e indique se as afirmações são verdadeiras (V) ou falsas (F).

> *Sobretudo compreendem os críticos a missão dos poetas, escritores e artistas, nesse período especial e ambíguo da formação de uma nacionalidade. São estes os operários incumbidos de polir os talhes e as feições da individualidade que se vai esboçando no viver do povo. Palavra que inventa a multidão, inovação que adota o uso [...]: tudo isto lança o poeta no seu cadinho, para [...] apurar o ouro fino.* (Alencar, 1965a, p. 497)

( ) O fragmento ilustra o trabalho com a linguagem realizado pelos escritores.

( ) O "período especial e ambíguo" faz referência ao carácter misto da nacionalidade brasileira.

( ) O uso corrente do português figura na obra do mesmo modo que se apresenta na fala.

( ) O povo exerce a função de operário da língua tal qual os literatos.

( ) A inovação é realizada pelo escritor porque o neologismo é raro no uso corrente da língua.

Agora, assinale a alternativa que corresponde à sequência obtida:

a. V, V, F, F, F.

b. V, F, F, V, V.

c. V, V, F, F, V.

d. F, V, V, F, V.

e. F, F, V, V, V.

3. Assinale a alternativa que identifica corretamente o duelar do casal de *Senhora*:

a. A problemática do dinheiro é secundária porque prevalece a paixão na dinâmica conjugal.

b. A igualdade entre ambos permite a troca de posições das personagens.

c. O plano sentimental apresenta descompasso em relação ao plano social nas situações narrativas.

d. O passado é um fator que impede o aprendizado relacionado à vida conjugal.

e. Há desequilíbrio no confronto de ambos porque Fernando permanece imaturo.

4. Indique se as afirmações apresentadas na sequência são verdadeiras (V) ou falsas (F) com base em nossa discussão sobre *Senhora* e *Lucíola* e, também, no fragmento a seguir, extraído de *Semíramis*, romance em que a escritora Ana Miranda – usando a obra alencariana e o instrumental romântico tratados no decorrer do livro – ficcionaliza o escritor José de Alencar.

> E a cidade do Rio de Janeiro! Ela amava aquelas ruas velhas e úmidas do Rio, com construções nobres de estilos diversos, parecendo estar na Europa, árvores sombrias, montanhas, florestas que avistava de sua sacada à vol d'oiseau, bulevares mais belos que os de Paris onde passou a lua de mel, estava toda afrancesada [...].
> (Miranda, 2014, p. 120)

(   ) As particularidades do espaço urbano de romances como *Senhora* e *Lucíola* desaparecem sob os hábitos afrancesados da sociedade brasileira.

(   ) Lúcia e Aurélia são heroínas românticas afrancesadas.

(   ) A menção ao afrancesamento é também registrada em "Benção paterna".

(   ) O fragmento contém aspectos da recepção crítica, referindo a imitação do romance francês atribuída ao romance urbano alencariano.

(   ) Nota-se o galicismo como recurso intertextual que evoca a incorreção apontada pela crítica contemporânea de José de Alencar.

Agora, assinale a alternativa que corresponde à sequência obtida:

a. V, V, F, F, F.

b. V, F, F, V, V.

c. V, V, F, F, V.

d. F, V, V, F, V.

e. F, F, V, V, V.

5. Assinale a alternativa que define corretamente um dos elementos do ideário romântico analisados neste capítulo:

a. Dualidade entre o espiritual e o mundano: luta interior caracterizada pela entrega ao desejo carnal.

b. Mercado matrimonial: vida conjugal edificada pelo ajuste sentimental entre os protagonistas.

c. Consciência histórica: mitologia cristã como ponto de convergência da experiência poética e temporal.

d. Corrupção da consciência pelo dinheiro: concordância com o modo de viver da burguesia.

e. Oposição entre campo e cidade: a cidade é o espaço das relações desinteressadas e da transmissão do conhecimento, ao passo que o campo é o espaço do atraso traduzido pela degradação humana.

Atividades de aprendizagem

Questões para reflexão

1. Considere a atividade de folhetinista exercida por José de Alencar no início de sua carreira e a influência dela na escrita dos romances urbanos. Elabore um argumento de até 15 linhas que demonstre a relação entre o Alencar folhetinista e o Alencar romancista.

2. Examinamos a obra alencariana sob o ponto de vista das relações que estabelece com o ideário romântico. O reconhecimento do romantismo de Alencar não impede que uma parcela da crítica literária considere a vertente realista presente de modo predominante no romance alencariano – é o caso de *Romance e ironia: José de Alencar revisitado* (2016), em que a ironia é o elemento de construção da ficcionalidade pelo qual essa predominância é identificada. Sabendo disso, com base no conhecimento adquirido neste capítulo, indique por que é possível ler *Senhora* e *Lucíola* pela lente do realismo.

Atividade aplicada: prática

1. Chegou o momento de construir seu quadro dos romances de José Alencar tratados ao longo do livro. Utilize a seguinte estrutura:

Título do romance	Ano de publicação	Nomes dos protagonistas	Espaço da narrativa	Tempo da narrativa

Esse quadro lhe será útil quando você, por exemplo, for convidado a escrever um artigo, um ensaio ou um prefácio sobre a obra alencariana e/ou o romantismo brasileiro.

considerações finais

❡ ESTE LIVRO OFERECE ao estudioso de literatura um significativo repertório, o qual apresenta modos diversos de leitura e
investigação da obra de José de Alencar. A relação da obra alencariana com a tradição interna da literatura brasileira foi assinalada com frequência nos tópicos abordados. Sob esse aspecto,
a perspectiva de Antonio Candido (2012), cuja ênfase é colocada
na inter-relação entre processo social e forma literária, consistiu na base sobre a qual foram explanados os desdobramentos
do ideário romântico aclimatado na prosa de ficção brasileira da
segunda metade do século XIX.

Essa escolha metodológica promoveu o aprofundamento a
respeito das principais obras e textos críticos escritos por Alencar,
da fortuna crítica alencariana e também da teoria literária a ser
considerada na interpretação de tal obra. Assim, o repertório
analítico aqui exposto evidenciou a concepção literária de José

de Alencar e os elementos composicionais por ele mobilizados ao longo de sua fértil carreira, marcada por polêmicas em que a questão da imitação de romances europeus foi um argumento usado para indicar problemas estéticos de sua obra – questão presente nos diálogos críticos e teóricos desenvolvidos ao longo do livro.

Por fim, houve o cuidado de ligar os Alencares apresentados no primeiro capítulo aos Alencares descritos por Candido (2012), estes expostos nos dois capítulos finais, de modo a ser possível a percepção da unidade, ou melhor, da coerência que caracteriza o projeto literário romântico de José de Alencar. Nesse sentido, foram discutidos assuntos contemporâneos àquela sociedade, os quais se constituem em matéria narrável tanto nos textos do Alencar dramaturgo quanto nos do Alencar dos adultos, bem como foi abordada a rebeldia constitutiva do movimento romântico, que pode ser percebida, por exemplo, no tratamento do *topos* da corrupção pelo dinheiro. Ainda nessa direção, o inconformismo relacionado ao utilitarismo burguês pode também ser notado na insistência com que o narrador alencariano revela a natureza, seja a primitiva do romance histórico e constitutiva dos romances indianistas, seja a natureza que constantemente revigora os sentimentos, clareando os olhos e os pensamentos dos protagonistas dos romances regionalistas e dos romances urbanos.

Haveria muito mais a ser narrado sobre a produção do autor de *Senhora* e o(s) romantismo(s) a ela atrelado(s). No entanto, é necessário que toda história tenha um final, e a nossa é concluída com o desejo de que você possa usufruir, em sua atividade profissional, o espírito livre, crítico e criativo legado pelo movimento romântico.

referências

ALENCAR, J. de. **Alfarrábios. Guerra dos Mascates.** 5. ed. Rio de Janeiro: J. Olympio, 1967a. (Romances Ilustrados de José de Alencar, v. 3).

ALENCAR, J. de. **Ao correr da pena.** São Paulo: M. Fontes, 2004a. (Coleção Contistas e Cronistas do Brasil).

ALENCAR, J. de. As asas de um anjo. In: COUTINHO, A. (Org.). **Caminhos do pensamento crítico.** Rio de Janeiro: Americana; Prolivro, 1974. v. I. p. 93-101.

ALENCAR, J. de. **As minas de prata.** Rio de Janeiro: Tipografia do Diário do Rio de Janeiro, 1862. Disponível em: <https://digital.bbm.usp.br/view/?45000018495&bbm/4638#page/6/mode/2up>. Acesso em: 8 mar. 2022.

ALENCAR, J. de. **As minas de prata.** 5. ed. Rio de Janeiro: J. Olympio, 1967b. (Romances Ilustrados de José de Alencar, v. 2).

ALENCAR, J. de. **Ficção completa e outros escritos.** 3. ed. Rio de Janeiro: Aguilar, 1965a. v. I.

ALENCAR, J. de. Guerra dos mascates. Rio de Janeiro: B. L. Garnier, 1873. Disponível em: <https://digital.bbm.usp.br/view/?450000184818&bbm/4670#page/6/mode/2up>. Acesso em: 9 mar. 2022.

ALENCAR, J. de. Iracema. Edição do centenário. Rio de Janeiro: J. Olympio, 1965b.

ALENCAR, J. de. José de Alencar: comédias. São Paulo: M. Fontes, 2004b. (Coleção Dramaturgos do Brasil).

ALENCAR, J. de. José de Alencar: obra completa. Rio de Janeiro: Aguilar, 1959. v. 3.

ALENCAR, J. de. O gaúcho. São Paulo: Edigraf, 1970.

ALENCAR, J. de. O guarani. Iracema. Ubirajara. 5. ed. Rio de Janeiro: J. Olympio, 1967c. (Romances Ilustrados de José de Alencar, v. 1).

ALENCAR, J. de. O nosso cancioneiro. Campinas, SP: Pontes, 1993.

ALENCAR, J. de. Polêmica sobre A confederação dos tamoios. In: MAGALHÃES, D. J. G. de. A confederação dos tamoios. Organização de Maria Eunice Moreira e Luís Bueno. Edição fac-similar seguida de polêmica sobre o poema. Curitiba: Ed. da UFPR, 2007. p. i-ccx.

ALENCAR, J. de. Til. O sertanejo. 5. ed. Rio de Janeiro: J. Olympio, 1967d. (Romances Ilustrados de José de Alencar, v. 5).

ALMEIDA, J. M. G. de. A tradição regionalista no romance brasileiro (1857-1945). Rio de Janeiro: Achiamé, 1981.

ANDERSON, B. Comunidades imaginadas: reflexões sobre a origem e a expansão do nacionalismo. Tradução de Denise Bottmann. São Paulo: Companhia das Letras, 2008.

ASSIS, M. de. Esaú e Jacó: críticas literárias, críticas teatrais. São Paulo: Formar, 1972. (Obras Completas de Machado de Assis, v. 6).

BERNARD D'AGESCI. Senhora lendo as cartas de Heloísa e Abelardo. c. 1780. Óleo sobre tela: color.; 81,3 × 64,8 cm. Art Institute of Chicago, Estados Unidos.

BÉROUL. O romance de Tristão. Tradução de Jacyntho Lins Brandão. São Paulo: Ed. 34, 2020.

BOSI, A. Um mito sacrificial: o indianismo de Alencar. In: BOSI, A. Dialética da colonização. São Paulo: Companhia das Letras, 1992. p. 176-193.

CAMPOS, H. de. *Iracema*: uma arqueografia de vanguarda. Revista USP, n. 5, p. 67-74, maio 1990. Disponível em: <https://www.revistas.usp.br/revusp/article/view/25531>. Acesso em: 7 mar. 2022.

CANDIDO, A. *A educação pela noite* e outros ensaios. São Paulo: Ática, 1989.

CANDIDO, A. Formação da literatura brasileira: momentos decisivos 1750-1880. 13. ed. Rio de Janeiro: Ouro sobre Azul, 2012.

CANDIDO, A. Literatura e sociedade. São Paulo: Companhia Editora Nacional, 1965.

CERVANTES DE SAAVEDRA, M. de. Dom Quixote de la Mancha. Tradução de Viscondes de Castilho e Azevedo. São Paulo: Abril Cultural, 1981.

CHATEAUBRIAND, F. O gênio do cristianismo. Tradução de Camilo Castelo Branco. São Paulo: Brasileira, 1949. v. 1.

CUNHA, E. da. Os sertões. São Paulo: M. Claret, 2009.

DELACROIX, E. O rapto de Rebecca. 1846. Óleo sobre tela: color.; 100,3 × 81,9 cm. The MET, Nova Iorque.

D'SALETE, M. Angola Janga: uma história de palmares. São Paulo: Veneta, 2017.

DUMAS, A. Os três mosqueteiros. Tradução de André Telles e Rodrigo Lacerda. Rio de Janeiro: J. Zahar, 2010.

DUMAS FILHO, A. A dama das camélias. Tradução de Gilda de Mello e Souza. São Paulo: Paz e Terra, 1996.

FARIA, J. R. Teatro realista no Brasil: 1855-1865. São Paulo: Perspectiva; Edusp, 1993. (Estudos, 136).

FARIA, J. R. Introdução. In: ALENCAR, J. de. Ao correr da pena. São Paulo: M. Fontes, 2004. p. xi-xxxiii. (Coleção Contistas e Cronistas do Brasil).

FERREIRA, C.; LENZ, T. Duas narrativas para o lugar dos indígenas nas origens da nação: a história ficcional de Magalhães e Alencar. Almanack, Guarulhos, n. 23, p. 202-238, dez. 2019. Disponível em: <https://www.scielo.br/j/alm/a/MXdgWVFS9jhrKZZH4DMwGTM/?lang=pt&format=pdf>. Acesso em: 7 mar. 2022.

FERREZ, M. Passeio Público do Rio de Janeiro. [1880?]. 1 fot.: p & b; 27,6 cm x 37,2 cm.

FRANCO, M. S. C. Homens livres na ordem escravocrata. 4. ed. São Paulo: Fundação Editora da Unesp, 1997.

FRIEDMAN, N. O ponto de vista na ficção: o desenvolvimento de um conceito crítico. Tradução de Fábio Fonseca de Melo. Revista USP, São Paulo, n. 53, p. 166-182, 2002. Disponível em: <https://edisciplinas.usp.br/pluginfile.php/4108842/mod_resource/content/1/Friedman%20O%20ponto%20de%20vista%20na%20fic%C3%A7%C3%A3o.pdf>. Acesso em: 10 mar. 2022.

FRYE, N. Anatomia da crítica. Tradução de Péricles Eugênio da Silva. São Paulo: Cultrix, 1973.

GIL, F. C. A matéria rural e a formação do romance brasileiro: configurações do romance rural. 2019. 195 f. Tese apresentada para a promoção a professor titular – Setor de Ciências Humanas, Departamento de Literatura e Linguística, Universidade Federal do Paraná, Curitiba, 2019. Disponível em: <https://www.ufpr.br/portalufpr/wp-content/uploads/2018/11/fernando_cerisara_gil.pdf.> Acesso em: 16 fev. 2022.

GUIMARÃES, B. A filha do fazendeiro. In: HISTÓRIA e tradições da Província de Minas Gerais. Rio de Janeiro: Civilização Brasileira; Brasília: INL, 1976. p. 13-135.

GUIMARÃES, B. O ermitão de Muquém. São Paulo: McGraw-Hill do Brasil, 1975.

HAUSER, A. História social da literatura e da arte. 2. ed. Tradução de Walter H. Geenen. São Paulo: Mestre Jou, 1972. v. 6.

HOOKS, B. Ensinando a transgredir: a educação como prática da liberdade. Tradução de Marcelo Brandão Cipolla. São Paulo: WMF Martins Fontes, 2013.

KAVISKI, E. S. Romance e ironia: José de Alencar revisitado. 2016. 422 f. Tese (Doutorado em Letras) – Setor de Ciências Humanas, Universidade Federal do Paraná, Curitiba, 2016. Disponível em: <https://acervodigital.ufpr.br/handle/1884/52799>. Acesso em: 17 fev. 2022.

LAFETÁ, J. L. Estética e ideologia: o modernismo em 30. In: LAFETÁ, J. L. A dimensão da noite. São Paulo: Duas Cidades; Ed. 34, 2004. p. 55-71.

LISBOA, B. S. [Anais do Rio de Janeiro]. Rio de Janeiro: Typ. de Seignot-Plancher, 1835. v. 3.

LUKÁCS, G. O romance histórico. Tradução de Rubens Enderle. São Paulo: Boitempo, 2011.

MAGALHÃES, D. J. G. de. Ensaio sobre a história da literatura do Brasil. Nithero, Revista Brasiliense, Paris: Dauvin et Fontaine, tomo primeiro, n. 1, p. 132-159, 1836. Disponível em: <https://digital.bbm.usp.br/handle/bbm/6859>. Acesso em: 17 fev. 2022.

MARCO, V. de. A perda das ilusões: o romance histórico de José de Alencar. Campinas, SP: Ed. da Unicamp, 1993. (Coleção Repertórios).

MARTINS, E. V. A fonte subterrânea: José de Alencar e a retórica oitocentista. Londrina: Eduel, 2005.

MARTINS, E. V. A imagem do sertão em José de Alencar. 1997. 163 f. Dissertação (Mestrado em Teoria e História Literária) – IEL-Unicamp, Universidade Estadual de Campinas. Campinas, São Paulo, 1997.

MARTINS, E. V. Apresentação. In: TÁVORA, F. Cartas a Cincinato: estudos escritos por Semprônio. Organização de Eduardo Vieira Martins. Campinas: Ed. da Unicamp, 2011. p. 9-37.

MARTIUS, K. F. P. von. Como se deve escrever a história do Brasil. Revista do Instituto Histórico e Geográfico do Brasil, Rio de Janeiro, n. 24, p. 389-411, jan. 1845.

MEYER, M. Folhetim: uma história. São Paulo: Companhia das Letras, 1996.

MIGUEL-PEREIRA, L. História da literatura brasileira: prosa de ficção de 1870 a 1920. 3. ed. Rio de Janeiro: J. Olympio, 1973.

MIGNOLO, W. Lógica das diferenças e políticas das semelhanças: da literatura que parece história ou antropologia e vice-versa. In: CHIAPPINI, L.; AGUIAR, F. W. (Org.). Literatura e história na América Latina. São Paulo: Ed. da USP, 1993. p. 115-161.

MIRANDA, A. Semíramis. São Paulo: Companhia das Letras, 2014.

MUSSET, A. de. A confissão de um filho do século. Tradução de Maria Idalina Ferreira Lopes. Barueri, SP: Amarilys, 2016.

NITRINI, S. *Lucíola* e romances franceses: leituras e projeções. Revista Brasileira de Literatura Comparada, v. 2, n. 2, p. 137-148, 1994. Disponível em: <https://revista.abralic.org.br/index.php/revista/article/view/26/27>. Acesso em: 13 mar. 2022.

PASTOUREAU, M. No tempo dos cavaleiros da Távola Redonda. Tradução de Paulo Neves. São Paulo: Companhia das Letras; Círculo do Livro, 1989.

PEIXOTO, A. José de Alencar. In: ALENCAR, J. de. Alfarrábios. Guerra dos Mascates. 5. ed. Rio de Janeiro: J. Olympio, 1967. p. xxv-xxxviii. (Romances Ilustrados de José de Alencar, v. 3).

PROENÇA, M. C. Transforma-se o amador na coisa amada. In: ALENCAR, J. de. Iracema. Edição do centenário. Rio de Janeiro: J. Olympio, 1965. p. 281-328.

RIBEIRO, S. N. Da nacionalidade da literatura brasileira. 1843. In: COUTINHO, A. (Org.). Caminhos do pensamento crítico. Rio de Janeiro: Ed. Americana/Prolivro, 1974. v. 1. p. 30-61.

RICUPERO. B. O romantismo e a ideia de nação no Brasil (1830-1870). São Paulo: M. Fontes, 2004. (Coleção Temas Brasileiros).

ROSÁRIO, A. do. Frutas do Brasil numa nova, e ascética Monarchia, consagrada à Santíssima Senhora do Rosário. Apresentação de Ana Hatherly. Fac-símile da edição de Lisboa: António Galrão, 1702. Lisboa: Biblioteca Nacional, 2002.

ROUGEMONT, D. de. A história do amor no Ocidente. 2. ed. Tradução de Paulo Brandi e Ethel Brandi. São Paulo: Ediouro, 2003.

RUBIÃO, M. R. Obra completa. São Paulo: Companhia das Letras, 2010.

SANTIAGO, S. Apesar de dependente, universal. In: SANTIAGO, S. Vale quanto pesa: ensaios sobre questões político-culturais. Rio de Janeiro: Paz e Terra, 1982. p. 13-24. (Coleção Literatura e Teoria Literária, v. 44).

SANTIAGO, S. Uma literatura nos trópicos: ensaios sobre dependência cultural. 2. ed. Rio de Janeiro: Rocco, 2000.

SCHLEGEL, F. Fragmento 116. In: LOBO, L. Teorias poéticas do romantismo. Porto Alegre: Mercado Aberto, 1987. p. 55-56. (Novas Perspectivas, 20).

SCHWARZ, R. A importação do romance e suas contradições em Alencar. In: SCHWARZ, R. Ao vencedor as batatas. São Paulo: Duas Cidades; Ed. 34, 2000. p. 33-79.

SCHWARZ, R. As ideias fora do lugar. In: SCHWARZ, R. Cultura e política. 2. ed. São Paulo: Paz e Terra, 2005. p. 59-83.

SCOTT, W. Ivanhoé. São Paulo: W. M. Jackson, 1963. (Grandes Romances Universais, 3).

SILVA, G. F. M. e. O veio da ironia romântica nos romances históricos de José de Alencar. 2019. 183 f. Tese (Doutorado em Letras) – Setor de Ciências Humanas, Universidade Federal do Paraná, Curitiba, 2019. Disponível em: <https://acervodigital.ufpr.br/bitstream/handle/1884/61957/R%20-%20T%20-%20GEISA%20FABIOLA%20MULLER%20E%20SILVA. pdf?sequence=1&isAllowed=y >. Acesso em: 15 mar. 2022.

SOMMER, D. O guarani e Iracema: um indigenismo de duas faces. In: SOMMER, D. Ficções de fundação: os romances nacionais da América Latina. Tradução de Gláucia Renate Gonçalves e Eliana Lourenço de Lima Reis. Belo Horizonte: Ed. da UFMG, 2004. p. 165-201.

STAEL, M. de. Da Alemanha. Tradução de Edmir Míssio. São Paulo: Ed. da Unesp, 2016.

TAUNAY, Visconde de. Inocência. 19. ed. São Paulo: Ática, 1991.

TÁVORA, F. Cartas a Cincinato: estudos escritos por Semprônio. Organização de Eduardo Vieira Martins. Campinas: Ed. da Unicamp, 2011.

TÁVORA, F. O cabeleira. São Paulo: Ática, 1977.

WATERHOUSE, J. W. Tristão e Isolda com a poção. c. 1916. Óleo sobre tela: color.; 109,2 × 81,2 cm. Coleção particular de Fred e Sherry Ross.

WATT, I. A ascensão do romance: estudos sobre Defoe, Richardson e Fielding. Tradução de Hildegard Feist. São Paulo: Companhia das Letras, 2010.

WEINHARDT, M. Repensando o romance histórico. Revista Versalete, Curitiba, v. 7, n. 12, p. 320-336, jan./jun., 2019. Disponível em: <http://www.revistaversalete.ufpr.br/edicoes/vol7-12/18WEINHARDT,%20Marilene.%20Repensando%20o%20romance..pdf>. Acesso em: 10 mar. 2022.

bibliografia comentada

ALENCAR, J. de. O nosso cancioneiro. Campinas, SP: Pontes, 1993.

Trata-se de volume de poucas páginas que apresenta conteúdo substancial, registrado por José de Alencar nas cartas destinadas ao amigo Joaquim Serra. Nelas, a discussão sobre o folclore e a poesia popular é articulada a questões históricas, linguísticas e literárias que permearam a reflexão sobre a literatura brasileira do período romântico.

CANDIDO, A. Literatura e sociedade. São Paulo: Companhia Editora Nacional, 1965.

O livro apresenta um conjunto de ensaios cuja orientação crítica e teórica explora as relações entre o campo literário e o campo social. A inter-relação entre literatura e sociedade é demonstrada pela visão panorâmica e aprofundada sobre a criação literária e a história da literatura, marcada pela análise de textos da literatura brasileira que formam um arco temporal o qual cobre desde o período colonial até o século XX.

D'SALETE, M. Angola Janga: uma história de palmares. São Paulo: Veneta, 2017.

Essa premiada graphic novel aborda a história de Palmares e de Zumbi, focando o período colonial brasileiro e a organização dos povos negros de modo a apresentar diferentes perspectivas sobre a colonização do Brasil. A multiplicidade de pontos de vista presente na HQ consiste em excelente material para a compreensão do projeto literário romântico que envolve unidade territorial e homogeneidade cultural, cerne do nacionalismo literário também responsável pelo apagamento das matrizes culturais africana e indígena na constituição de nossa sociedade.

MARTINS, E. V. A fonte subterrânea: José de Alencar e a retórica oitocentista. Londrina: Eduel, 2005.

Nessa obra, é observada a influência da formação retórica na escrita de José de Alencar, contemplando-se as diferentes modalidades narrativas às quais ele se aplicou. Nesse sentido, a abordagem do tratamento da matéria narrativa conforme a adequação ao gênero elucida questões referentes ao verossímil trabalhado na criação literária de Alencar.

MEYER, M. Folhetim: uma história. São Paulo: Companhia das Letras, 1996.

Essa obra apresenta pesquisa aprofundada sobre o romance-folhetim, estabelecendo uma linha investigativa que abrange tanto as origens francesas desse gênero, influenciado pelo romance gótico e pelo melodrama, quanto as relações do romance-folhetim com a história da leitura no Brasil e a formação de nossa literatura.

respostas

um

Atividades de autoavaliação

1. c

2. a

3. d

4. e

5. b

Atividades de aprendizagem

Questões para reflexão

1. A resposta deve esclarecer que a fusão do tupi e do português resultou na elaboração de uma prosa poética difícil de ser traduzida por causa do estranhamento da língua portuguesa realizado por José de Alencar. Conforme Haroldo de Campos, esse estranhamento é também uma forma de tradução do próprio idioma.

2. A resposta deve indicar que a cor local traduzida pelas características ambientais influi no uso corrente da língua portuguesa falada no Brasil, mudança observada pelos literatos e explorada, por exemplo, nos diálogos presentes na dramaturgia alencariana.

dois

Atividades de autoavaliação

1. d

2. c

3. a

4. b

5. e

Atividades de aprendizagem

Questões para reflexão

1. A resposta deve estar baseada nestas prerrogativas:

- As personagens históricas são centrais ou periféricas no desenvolvimento das situações narrativas?
- São somente figuras da nobreza as personagens históricas que habitam o romance?
- É possível identificar diferenças que a personagem apresenta em relação ao registro da narrativa histórica oficial ao ser apropriada pela ficção?

2. A resposta deve registrar que o uso de manuscritos fictícios confere veracidade à fabulação, fazendo com que as informações sobre o modo de viver do período ficcionalizado adquiram o valor de juízo de documentos históricos autênticos. Desse procedimento resulta a relativização da narrativa histórica oficial.

três

Atividades de autoavaliação

1. e

2. b

3. c

4. a

5. d

Atividades de aprendizagem

Questões para reflexão

1. A resposta deve registrar a questão da simbiose entre o sujeito e o espaço como elemento de construção da fibra e da força sertaneja, sublinhando que o meio natural é um agente ativo na formação tanto da experiência do indivíduo empírico (*Os sertões*) quanto de caracteres da personagem (*O sertanejo*).

2. A resposta deve indicar a não obrigatoriedade de o escritor ter conhecido presencialmente um lugar para sobre ele narrar de forma consistente. Todavia, explorar presencialmente o espaço a ser ficcionalizado fornece meios outros de abordagem da matéria narrativa. Assim, seria ideal se a resposta registrasse que ambos os modos são válidos na construção da ficcionalidade, porque esta depende das convenções escolhidas pelo escritor na criação da obra.

quatro

Atividades de autoavaliação

1. e

2. a

3. d

4. c

5. b

Atividades de aprendizagem

Questões para reflexão

1. Espera-se que a metáfora e a hipérbole sejam usadas na descrição do objeto imaginado.

2. A resposta deve indicar que o prolongamento do sistema escravista engendrou uma visão distorcida a respeito do trabalho na lavoura, porque foi considerado trabalho para indivíduos escravizados, fazendo com que o meio de subsistência do homem pobre livre fosse condicionado à generosidade do grande proprietário, que o acolhia desde que lhe fosse obediente e prestativo.

cinco

Atividades de autoavaliação

1. b

2. d

3. e

4. c

5. a

Atividades de aprendizagem

Questões para reflexão

1. A resposta deve apresentar características relacionadas à (1) discussão de assuntos contemporâneos do autor, tais como o casamento por dinheiro e a prostituição com a qual a sociedade compactuava; (2) à complexidade apresentada pelos protagonistas, que, segundo Antonio Candido, os diferencia das personagens de outros romances de Alencar; e (3) à presença da temática da corrupção humana ocasionada pela ganância.

2. A resposta deve indicar pontos de contato entre o procedimento de Machado de Assis e a orientação crítica de Silviano Santiago, de modo a descrever que esta é pautada pela afirmação da semelhança apresentada pelo texto da cultura dominada, reconhecimento por meio do qual o texto de Alencar, apesar de dependente do texto da cultura dominante, tem diferença em relação ao romance de Chateaubriand, ou seja, contém o suplemento local que o projeta na forma universal associada à hegemonia cultural europeia.

seis

Atividades de autoavaliação

1. d

2. a

3. b

4. e

5. c

Atividades de aprendizagem

Questões para reflexão

1. A resposta deve relacionar o Alencar folhetinista e o Alencar romancista indicando a abordagem de assuntos contemporâneos ao autor, para sublinhar que tais assuntos são apresentados de forma crítica nos romances urbanos porque implicam transformações no meio social ligadas a valores liberais, registradas pelo autor nos folhetins da década de 1850.

2. A resposta deve indicar a qualidade mimética usada como critério de construção textual, relacionando a vertente literária realista à concepção empregada em "Benção paterna" sobre o romance urbano, ou seja, a incumbência de o romancista apresentar a fotografia da sociedade brasileira, retrato em que sobressai a descrição fiel da sociedade nos romances.

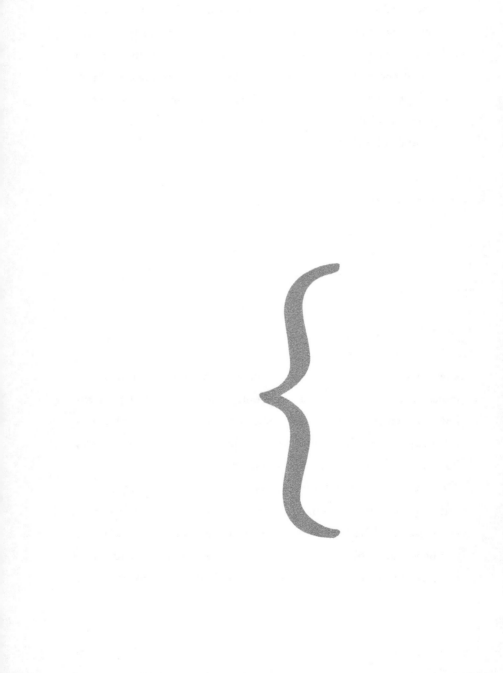

sobre a autora

❰ GEISA MUELLER transita entre as letras e as artes. Pela Universidade Federal do Paraná (UFPR), graduou-se em Letras, área em que também obteve os títulos de mestre e doutora em Estudos Literários. Nas Artes Cênicas, profissionalizou-se no nível técnico pela Escola Técnica da Universidade Federal do Paraná (atual UTFPR). Como arte-educadora, idealizou e ministrou o Curso de Teatro para Iniciantes, viabilizado como projeto de extensão do Centro Universitário Uninter, bem como empreendeu o projeto de mediação de leitura Palavra Livre, aprovado pelo Edital Ciclos de Leitura da Fundação Cultural de Curitiba. Atua tanto como oficineira e mediadora de leitura quanto como professora convidada em cursos de especialização e de pós-graduação, nos quais ministra disciplinas relacionadas à teoria literária e à criação de textos. É membro do Grupo de Pesquisa Estudos sobre Ficção Histórica no Brasil, registrado no Conselho Nacional de Desenvolvimento Científico e Tecnológico (CNPq). Também é seriamente envolvida com a autoria de material didático para o ensino médio e o ensino superior.

Os papéis utilizados neste livro, certificados por instituições ambientais competentes, são recicláveis, provenientes de fontes renováveis e, portanto, um meio **respons**ável e natural de informação e conhecimento.

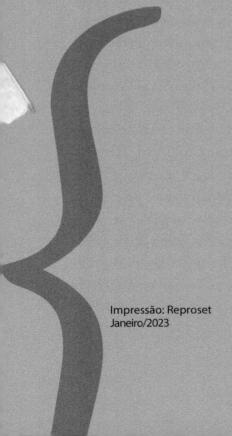

Impressão: Reproset
Janeiro/2023